dtv

»Es ist zwei Wochen her, daß Aida mir gezeigt hat, wo sie ihre Mangopflanze versteckt hat, ein paar Meilen nördlich von Kampala in Uganda.«
Aidas Mutter wird bald an Aids sterben. Aber Aida pflanzt einen Mangobaum als Symbol des Lebens. Und von ihrer Mutter bekommt sie ein Memory Book … Henning Mankell ist nach Uganda gereist, um mit Aidskranken und deren Angehörigen zu sprechen. Entwicklungshelfer unterstützen die Eltern dabei, Memory Books für ihre Kinder zu verfassen: Erinnerungsbücher, kleine Hefte mit eingeklebten Bildern und Texten. Denn was können Kinder über ihre Eltern erzählen, wenn sie bei ihrem Tod noch zu klein waren, um sich an sie zu erinnern? Wie sollen junge Waisen erfahren, wer ihre Eltern waren, wer sie selbst sind, woher sie kommen?

Henning Mankell, geboren 1948 in Härjedalen, ist einer der angesehensten und meistgelesenen schwedischen Schriftsteller, vor allem bekannt durch seine Wallander-Krimis. 1973 reiste er zum ersten Mal nach Afrika. Seitdem lebt er – »mit einem Fuß im Sand, mit dem anderen im Schnee« – abwechselnd in Schweden und in Maputo/Mosambik. Neben seiner Tätigkeit als Autor und Theaterregisseur unterstützt Henning Mankell mehrere humanitäre Hilfsprojekte, darunter Plan International und SOS-Kinderdörfer auf der ganzen Welt.

HENNING
MANKELL

ICH STERBE, ABER DIE ERINNERUNG LEBT

Mit einem Memory Book
von Christine Aguga
und einem Nachwort
von Ulla Schmidt

Aus dem Schwedischen
von Verena Reichel
und Katrin Hillgruber

Deutscher Taschenbuch Verlag

Außerdem sind in dieser Reihe erschienen:
Der Chronist der Winde (21544)
Die rote Antilope (21545)
Das Auge des Leoparden (21546)
Tea-Bag (21548)
Die flüsternden Seelen (21549)

Für die Vermittlung des Memory Book von Christine Aguga und die Erläuterung zum Memory Book Project danken wir Dr. Werner Bauch und Marianne M. Raven von Plan International Deutschland e. V.

Für jedes verkaufte Buch wird ein Euro für das SOS-Kinderdorf Chimoio in Mosambik gespendet.

FSC
www.fsc.org
MIX
Papier aus verantwortungsvollen Quellen
FSC® C019821

Neuausgabe 2014
Erstmals veröffentlicht 2006 im
Deutschen Taschenbuch Verlag GmbH & Co. KG, München
Lizenzausgabe mit Genehmigung des Paul Zsolnay Verlags

Titel der schwedischen Originalausgabe:
›Jag dör, men minnet lever‹ (Leopard Förlag, Stockholm 2003)

Umschlaggestaltung: FAVORITBUERO, München
Gesamtherstellung: Druckerei C.H.Beck, Nördlingen
Gedruckt auf säurefreiem, chlorfrei gebleichtem Papier
Printed in Germany · ISBN 978-3-423-21547-3

Inhalt

Die Mangopflanze

Henning Mankell

Aus dem Schwedischen
von Verena Reichel

1.

Eines Nachts im Juni 2003 träume ich von toten Menschen in einem Nadelwald. Alles in dem Traum ist sehr deutlich. Der Duft des Mooses, der Wald, der nach einem Regenguß dampft. Aber es ist nicht Sommer. An den Wurzeln der Bäume wachsen Pilze. Also ist Herbst in der Traumlandschaft. September, möglicherweise Oktober.

Unsichtbare Vögel fliegen von feuchten Ästen auf.

Ich träume einen Traum von toten Menschen in einem Nadelwald. Die Gesichter der Toten sind in die Baumstämme gehauen. Es ist, als bewegte ich mich in einer Galerie mit unfertigen Holzskulpturen. Oder in einem Atelier, das der Künstler überstürzt verlassen hat.

Die Gesichter sind verzerrt. Doch aus den halboffenen Mündern kommen keine Schreie, nur Schweigen.

Es sind schwarze Gesichter. Afrikanische Gesichter. Der Wald aber wächst in Schweden.

Der Traum kommt überraschend. Aber kommen nicht alle Träume überraschend? Kein Traum läßt sich planen oder findet sich auf Bestellung ein. Die nächtlichen Bilder treffen einen unvorbereitet, man kann sich nicht dagegen schützen, wenn sie ablaufen. Oft verschwinden diese Botschaften, ohne Spuren zu hinterlassen, ohne daß die Mitteilungen gedeutet werden.

Träume sind wie raffinierte Gaukler: voller Einfälle, überraschend, nie gänzlich zu kontrollieren.

Der Traum erfüllt mich mit Unsicherheit. Aber eins ist offensichtlich. In einem Punkt herrscht keine Unklarheit.

Die schwarzen Menschen, deren Gesichter zwischen den Baumstämmen sichtbar werden, sind an Aids gestorben.

Die Haut spannt über den Knochen der Gesichter. Die Toten sind mager, in großem Schmerz dahingesiecht. Nirgends finden sich Ruhe oder Resignation.

Ihre Schreie sind stumm.

2.

Ich träume oft vom Tod. Von meinem eigenen Tod, dem Tod aller. Für gewöhnlich sind die Bilder klar und deutlich. Realistisch, könnte man sagen. Ein toter Mensch ist tot. Die Träume sind meistens ganz klar und deutlich, ohne symbolische Bezüge. Da ist kein Platz für Metaphysik. Meine Traummacher lassen keine Ausflüge ins Religiöse oder Übernatürliche zu.

Daher erstaunt mich dieser Nadelwald mit seinen eigentümlichen, leblosen Gesichtern. Es ist, als hätte sich der Traum unerlaubt in mein Unterbewußtsein gedrängt.

Später, als ich aufgewacht bin, denke ich, daß sich im Schlaf noch nie so etwas in meinem Gehirn abgespielt hat. Jedenfalls nichts, woran ich mich hinterher hätte erinnern können.

Die meisten Träume verschwinden spurlos in geheimen Archiven, zu denen niemand den Schlüssel besitzt. Aber daß diese Archive existieren, daran habe ich keinen Zweifel.

Träume können trügerisch sein. Schwer einzufangen.

Nicht zuletzt, wenn sie sich den Anschein der Wirklichkeit geben.

Der Traum berührt mich unangenehm. Es ist, als seien die Bilder der Nadelbäume und all der Toten aus Versehen in meinem Kopf zu Besuch gewesen. Als hätten sie dort nichts zu suchen.

3.

Morgengrauen, Anfang Juni 2003. Ich befinde mich in einem gemieteten Haus direkt am Meer. Im grauen Licht der Morgendämmerung taucht vor dem Fenster ein Reh im Nebel auf. Als ich eine Bewegung mit dem Arm mache, verschwindet es rasch. Das Meer wogt fast lautlos vor sich hin. Der starke Wind der vergangenen Nacht ist abgeflaut oder hat sich in eine andere Richtung gedreht. Es ist so früh, daß die wachsamen Seeschwalben noch nicht angefangen haben zu kreischen. Ich gehe hinunter zum Strand und denke über den Traum nach, der mich geweckt hat.

Die Bilder sind deutlich. Sie gehen ineinander über wie in einem sorgfältig geschnittenen Film. Keine Pfuscharbeit. Es ist eine Erzählung, in der ich selbst vorkomme und die ich zugleich von außen betrachte.

Der Traum. Wie er mir in Erinnerung geblieben ist:

Ich gehe am Rand eines Nadelwaldes entlang. Ich bin irgendwo im südlichen Norrland, das Licht ist gedämpft, der Himmel grau wie nach einem langen Regen. Nachmittag, Frühherbst. Irgendwo höre ich einen Vogel von einem Ast aufflattern, davonfliegen und verschwinden. Der Traum ist von Gegenwart durchdrungen. Ich erkenne die Land-

schaft, habe aber zugleich das Gefühl, noch nie dort gewesen zu sein. Es gibt einen Moment des Zögerns: Vielleicht sollte ich den Pfad meiden, der in den Wald führt. Doch ich schlage ihn ein, gehe zwischen den Bäumen hindurch, folge dem Pfad, der vielleicht kein Pfad ist, sondern nur Einbildung. Es duftet stark hier zwischen den Bäumen. Der Wald ist lautlos, nicht einmal das übliche Rauschen ist zu hören. Es ist ein behutsamer Traum, nichts ist bedrohlich oder gefährlich. Ich bewege mich ruhig auf dem weichen und feuchten Moos. Die Düfte sind herb, wirklich. Ein Zapfen fällt von einem Baum.

Dann erkenne ich plötzlich, daß die Bäume nicht Bäume sind, sondern Menschen. Tote Menschen. Sie sind zu einem Teil aus den Baumstämmen gehauen, wie halbfertige Skulpturen. Ein Eindruck flimmert vorbei, hier muß kürzlich eine große Anzahl von Bildhauern an den Bäumen gearbeitet haben. Aber etwas ist geschehen, etwas hat dazu geführt, daß sie hastig die Flucht ergriffen haben. Sie haben sich bemüht, diese Skulpturen oder Menschen aus dem Holz zu befreien. Diese Menschen, die versucht haben, sich von den Stämmen loszumachen, sind dabei zurückgelassen worden und hängen jetzt als tote, halb vermoderte Reste an den Bäumen. Abgebrochene Äste sind die Arme der Menschen, die Nadeln sind ihre Haare, die Zapfen vielleicht Augen oder Ellbogengelenke. Es sind Menschen, die auf der Flucht waren. Die jedoch eingefangen wurden und auf der Flucht gestorben sind.

Im Traum frage ich mich, warum ich keine Angst bekomme.

Ich betrachte all diese Toten, einen nach dem anderen. Langsam bewege ich mich durch diese eigentümliche Gale-

rie von Menschen, die halb aus dem Holz gehauene Skulpturen in einem norrländischen Nadelwald sind.

Aber etwas ist sonderbar daran. Die Gesichter sind schwarz. Und ich weiß, daß sie an Aids gestorben sind.

Noch immer bin ich ruhig, da ist keine Angst. Es sind größtenteils junge Menschen. Viele von ihnen sind Kinder oder Halbwüchsige, einige wenige sind sehr alt. Aber alle sind tot. Ihre Gesichter bergen Geheimnisse. Keiner spricht mich an. Ich beginne, denselben Weg zurückzugehen, auf dem ich gekommen bin. Der Vogel, den ich zuvor gehört habe, kehrt offenbar zurück. Das Flattern der Flügel verstummt allmählich. Dann ist es, als würde die Tonspur des Traums abgeklemmt. Abrupt. Ich bleibe stehen und denke, daß sich etwas hinter mir befindet, etwas, das ich sehen sollte.

Als ich mich plötzlich umdrehe, schaue ich direkt in Aidas Gesicht. Und in diesem Moment wache ich auf.

4.

Etwas später stehe ich am Fenster und schaue in all das Weiße hinaus. Im Nebel gleichen alle Landschaften einander. Die Dielen sind aus duftendem Fichtenholz. Unter meinen Fußsohlen fühlen sie sich kühl an. Es ist, als würde mich das Gefühl von feuchtem Moos noch immer begleiten. Und doch könnte die Landschaft da draußen im Nebel Afrika sein.

Es ist ja so: Ganz deutliche Träume begleiten einen hinaus in die Wirklichkeit. Sie kappen die Taue, die sie mit dem Unterbewußtsein verbinden.

5.

Es ist zwei Wochen her, daß ich Aida in ihrem Heimatdorf begegnet bin, wo die Erde rot war und die Bananenbäume in dichten Gruppen nebeneinander standen. Es ist zwei Wochen her, daß sie mir gezeigt hat, wo sie ihre Mangopflanze versteckt hat, ein paar Meilen nördlich von Kampala in Uganda.

6.

Nach Kampala bin ich vom Flughafen in Entebbe aus mit dem Auto gefahren. Kampala, das war eine Anzahl von Hügeln, vielleicht sieben oder neun, und zwischen diesen Hügeln mit ihren Villen und großen Gärten war die Stadt zusammengepreßt, mit allzuviel Verkehr, allzu vielen Menschen.

Afrika, das bedeutet immer einen Zweikampf zwischen grenzenlosem Gewimmel und großen, leeren Gebieten.

Ich sage Afrika. Aber Afrika läßt sich in eine unendliche Anzahl von Segmenten aufteilen. Einige Länder auf diesem Kontinent sind genauso groß wie ganz Westeuropa. Es gibt kein eindeutiges Afrika, dieser Kontinent hat viele Gesichter. Aber überall, wo ich gewesen bin, herrschte stets ein Nebeneinander von Gewimmel und großen, öden Landstrichen.

Aidas Dorf glich allen anderen afrikanischen Dörfern. Die Häuser waren aus Lehm gebaut oder es waren Wellblechschuppen oder eine Mischung aus den verschiedensten und eigentümlichsten Materialien, welche die Erbauer gerade zur Hand gehabt hatten. Aber keines der Häuser, die ich sah, war ohne Dach.

Dagegen gab es verlassene Häuser, die eingestürzt waren. Auf meine Frage hin sagte man mir, daß die Menschen, die dort gewohnt hatten, an Aids gestorben waren.

Afrikanische Häuser haben oft ein besonderes Gepräge. Eine Entsprechung zur Holzschnörkelei des späten nordischen 19. Jahrhunderts, könnte man vielleicht sagen. Zwei ausgehängte Türen eines alten amerikanischen Autos dienen als Pforte in dem verfallenen Zaun vor einem Haus, in dem sich ein Friseur niedergelassen hat. Als wir vorbeifahren, schneidet er einem Kunden im Schatten eines Baums die Haare. Kurz bevor wir zu Aidas Haus kommen – oder vielmehr zum Haus ihrer Mutter Christine –, sehe ich zwei Männer mit verschwitzten Rücken, die gerade dabei sind, eine Wand zwischen zwei Eckpfosten zu mauern, die sie aus rostigen, zerschnittenen Benzinkanistern errichtet haben.

Afrikanische Häuser auf dem Lande sind eine Huldigung an die Phantasie, wenn man so will. Aber natürlich sind sie in erster Linie ein Ausdruck der Armut und des Elends.

Um die Häuser herum: kleine Gärten, Kieswege, die sich dahinschlängeln, angedeutete Zäune. Fast alle Fensterscheiben haben Löcher, hinter denen Gardinen flattern.

Das Leben in diesen Dörfern geht langsam vor sich. Eile ist ein menschlicher Irrtum, der in der afrikanischen Provinz nicht sonderlich tief verwurzelt ist.

7.

Aber nichts von dem ist eigentlich wichtig. Ich muß keine Häuser und Straßen beschreiben, als sei dies Teil eines Reiseberichts aus einem Land in Afrika. Ich bin aus anderen Gründen hier.

Gerade in diesem Dorf, Aidas Dorf, gibt es etwas, das es mit den anderen Dörfern in der Gegend verbindet. Es gibt dort viele Menschen, die an Aids erkrankt sind. Viele sind auch schon gestorben. Man kann die große Lücke bereits sehen: viele Kinder, einige Alte, aber dazwischen ist es ausgedünnt. Aids tötet von 15–20 Jahren bis hinauf in die Fünfziger. Die Alten müssen für die kleinen Kinder sorgen, wenn die Eltern fort sind. Wenn die Alten sterben, bleibt es den Kindern überlassen, füreinander zu sorgen. Was das bedeutet, kann sich jeder denken. Kinder, die einander die Eltern ersetzen, beginnen ihr Leben unter verkehrten Vorzeichen. Sie straucheln.

Auch wenn sich das Leben hier wie üblich abspielte, so war es doch, als herrsche gleich nebenan eine große Stille. Das Tägliche, das Alltägliche, warf einen Schatten, der kalt war. Viele Menschen, viel zu viele, würden sterben. Der Schatten war nicht schwarz, nicht weiß. Er war nicht zu sehen. Er war wie ein kalter Windhauch.

Er war einfach so greifbar, daß er gar nicht sichtbar sein mußte.

8.

Bei den Menschen, denen ich in Uganda begegnet bin, gibt es drei Arten des Wartens. Diejenigen, die wissen, daß sie infiziert sind, und jeden Tag ängstlich nach Symptomen suchen. Diejenigen, die es nicht wissen, die nicht den Mut hatten, sich testen zu lassen, aber trotzdem jeden Morgen nach Symptomen suchen, kaum daß sie die Augen aufgeschlagen haben.

Aber es gibt noch ein anderes Warten. Bei den Menschen, die sich in der gleichen Situation befinden wie Aida. Sie, die selbst noch ein Kind ist, sie, die weiß, daß sie nicht von der Krankheit befallen ist, wird als Mutter für sich und die Geschwister sorgen müssen, wenn die Verantwortung auf sie übergeht.

Jetzt sehe ich sie in einem Traum wieder. Es ist noch nicht lange her, daß wir uns in der Wirklichkeit begegnet sind. Die letzte Erinnerung, die ich an sie habe, ist, daß sie mir energisch nachgewinkt hat. Selbst als sie mich und das Auto nicht mehr sehen konnte, hat sie vermutlich immer noch gewinkt.

Das tun wir alle, wenn wir bis zuletzt wünschen, jemand möge es sich anders überlegen, einen neuen Entschluß fassen. Zurückkommen, die Reise abbrechen, dableiben.

9.

Doch im Traum ist sie tot. Da ist ihr Gesicht wie eine unfertige Holzskulptur. Das erschüttert mich. Es ist falsch. Es muß jemand anders sein, jemand, der ihr ähnlich sieht. Sie ist nicht tot. Es sind die anderen, die sterben. Nicht Aida. Sie lebt. Sie ist nicht abgemagert, hat keine Wunden bekommen, nicht die Kräfte verloren, so daß sie nichts anderes mehr vermag, als auf einer Bastmatte im Schatten zu liegen und in den Himmel oder auf die großen Blätter der Bananenbäume zu starren.

10.

Die Erklärung liegt auf der Hand. Ich vermische die Dinge. Der Traum vermischt sie. Als ich Aida kennenlernte, war das erste, was ich dachte, wie sehr sie ihrer Mutter ähnlich sah. Und ihre Mutter Christine ist krank. Sie kann jetzt durchaus schon tot sein. Genau wie Aidas Tante. Beide können tot sein, obwohl erst zwei Wochen vergangen sind, seit ich sie getroffen habe.

Aidas Gesicht ist da draußen im Nebel. Sie ist mir sehr nah.

11.

An einem windigen Tag in diesem wechselhaften Juni, kurz bevor ich meine Erzählung von Aida, ihrer Mangopflanze und all den Menschen aus ihrer Umgebung in Uganda niederschreiben will, die darauf warten, an Aids zu sterben, besuche ich eine der vielen mittelalterlichen Kirchen auf Gotland. Es spielt keine Rolle, in welche der Kirchen ich gehe. Das Dunkel der Steinkirchen verbindet diese alten Tempel wie ein gemeinsamer Atem. Dieses Dunkel hat keine Identität. Dieses Dunkel ist ewig, es hat kein Gesicht und keinen Namen.

Ein einsamer Mann macht sich an einem Grab zu schaffen. Die Tür der Kirche ist schwarz und schwer. Das Schloß leistet Widerstand, ehe es mir glückt, den Schlüssel umzudrehen. Jemand, ein Freund von früher, hat mir einmal gesagt, dunkle Kirchenräume flößten ihm Angst vor dem Tod ein. Bei mir ist es genau umgekehrt. Im Dunkel einer gotländischen Kirche existiert keine Zeit. Oder alle Zeit, vergangene Zeit, Gegenwart, kommende Zeit, ist in einem gemeinsamen Augenblick gebündelt. In manchen Kirchen ist man von Ruhe erfüllt, kaum daß man eingetreten ist und die Tür hinter einem ins Schloß fällt. Mehr braucht es nicht. Die Kirche schenkt einem ihren eigenen Raum.

12.

Ich besuche diese Kirche in einer bestimmten Absicht. Drinnen im Kirchenraum ist es kühl zwischen den dicken Wänden. Nicht einmal das penetrante Geräusch eines Rasenmähers dringt durch die Ziegelmauern und Fenster herein.

Ich betrachte die Malereien an einer der Wände. Auf dem Kalkstein sehe ich, wie Gevatter Tod, mit seinem schiefen Lächeln und seiner Sense, den Menschen vor sich herjagt. Der Mensch, voll Grauen vor dem Tod, der, wann immer er auch kommen mag, stets zur Unzeit kommt. Drinnen im Dunkel der Steinkirche stürzen Bilder vom Großen Tod, der Pest, auf mich ein. Die Zeit steht still, aber sie schließt trotzdem die Vergangenheit ein.

Mitten zwischen diesen Darstellungen mittelalterlicher gotländischer Bauern meine ich plötzlich auch Aida zu entdecken. Ein schwarzes Gesicht zwischen den mittelalterlichen Bauern aus Tingstede und Roma. Was Menschen verbindet, ist ebenso die Furcht wie die Freude.

Auch ihre Mutter und die Geschwister befinden sich unter den abgebildeten Menschen. Der Tod treibt die Menschen durch die verschiedenen Zeitalter vor sich her. Die erstarrte Abbildung an der Kalksteinwand ist dennoch in gewisser Weise ein bewegliches Bild. Es kommt auf mich zu, durch eine Zeit hindurchgleitend, die sich selbst nicht bewegt.

Damals die Pest, jetzt Aids. Damals Bakterien, jetzt Viren. Doch stets ist der Tod unsichtbar. Woher kommt die Krankheit? Woher die Beulen, woher die Abmagerung?

Warum müssen Bakterien und Viren so klein sein, daß man sie nicht sieht? Warum müssen sie diesen ungerechten Vorteil haben?

13.

Ich setze mich da drinnen im Dunkel auf eine Bank und überlege: Wann habe ich zum erstenmal von dieser schleichenden, rätselhaften Krankheit gehört, die zunächst ausschließlich homosexuelle Männer an der amerikanischen Westküste zu befallen schien?

Ich erinnere mich nicht.

Ich habe in meinem Gedächtnis ebenso geforscht wie in alten Zeitungen vom Anfang der achtziger Jahre, um zu sehen, ob es dort eine Schlagzeile gibt, die ich wiedererkenne, die mir helfen könnte, ein bestimmtes Ereignis zu benennen. In gewissen Perioden meines Lebens habe ich ausführliche und ernstgemeinte Tagebücher geschrieben. Auch dort kann ich keinen Hinweis entdecken. Ich finde keinen Moment, von dem ich mit Gewißheit sagen kann: Hier habe ich endgültig begriffen, daß gerade etwas Entscheidendes geschah. Eine schwere epidemische Krankheit hatte die Menschheit heimgesucht. Ich erinnere mich auch an keine Gespräche mit Freunden über die Krankheit, jedenfalls nicht vor 1985 oder 1986.

Vielleicht war es das Bild des Schauspielers Rock Hudson auf einer Bahre in Paris. Daran erinnere ich mich ganz deutlich. Es gab Fotos auf den Titelseiten der großen Zeitungen. Plötzlich wurde allen klar, daß der Mann, der so viele Jahre lang, in so vielen Filmen den Ehemann in idealisierten und somit verlogenen amerikanischen Ehen gespielt hatte, die ganze Zeit homosexuell gewesen war. Was hatte er wohl gedacht, wenn er in seinen, stets tadellos gebügelten, gestreiften Pyjamas herumlief, mit der ebenfalls stets lächelnden und geschäftigen Doris Day an seiner Seite?

Jetzt war er sterbenskrank, dabei noch nicht besonders alt. Der letzte Ausflug nach Paris in einem gemieteten Flugzeug erinnerte an die behinderten Pilger, die ihre Gesundheit durch Wallfahrten zu verschiedenen Madonnenbildern wiederzuerlangen suchten. Ein letzter, desperater Versuch, dem Tod zu entkommen, mit Hilfe einer neuen Behandlungsmethode, die angeblich in Frankreich praktiziert werden sollte.

Ich erinnere mich gelesen zu haben, daß er 23 Stunden am Tag schlief. Die Stunde, die er wach war, benutzte er, um Erinnerungen aus seinem Leben zu erzählen. Mich schauderte.

Rock Hudson zählt zu meinen frühesten Vorstellungen von Aids.

Noch sind die Massenbilder, Massendokumentationen nicht vorgedrungen. All die Bilder von Afrika, mit den anonymen Gesichtern, mageren Körpern, eingesunkenen Augen, ohne Hoffnung, ohne Kraft.

Ich erinnere mich auch an das Zeitungszitat eines jungen Afrikaners: »Müssen wir sterben, weil wir lieben?«

Aber der erste, entscheidende Eindruck? Ich glaube bestimmt, daß es Rock Hudson war. Es war, als sei eine unverwüstliche Statue trotz allem zerstört worden.

Aber ganz sicher bin ich mir nicht.

Hingegen kann ich ganz genau festmachen, wann Aids für mich zu einer persönlichen Realität wurde. Nämlich als die Angst vor der Krankheit mich selbst ergriff, die Angst, auch ich könnte betroffen sein.

Obwohl ich natürlich wußte, wie man sich ansteckt. Obwohl ich Freunde hatte, die Ärzte waren und beteuerten, es gäbe für das Virus keine Schleichwege, auf denen es mich attackieren konnte. Die Angst war da. Und ich weiß, daß ich sie mit vielen geteilt habe und noch teile.

14.

Es ist leicht, über diese Dinge zu lügen. Leicht, zu behaupten, man habe nie etwas von der irrationalen Angst verspürt, angesteckt zu sein, obwohl die Vernunft einem sagt, daß man sich keinem Risiko ausgesetzt hat. So war es schon immer. Diejenigen, die ein paar Jahrzehnte älter sind als ich, können von der genauso unbegründeten Angst berichten, sich mit Syphilis infiziert zu haben. Sie können von der Wassermann-Probe erzählen, der man sich unterziehen mußte, ehe man als Blutspender anerkannt wurde. Und daß dies eine gute Möglichkeit war, sich zu vergewissern, daß man keine Syphilisbombe in seinem Körper ticken hatte. Ich selbst erinnere mich aus meiner Teenagerzeit an das Unbehagen, wenn man sich vor dem Tripper fürchtete. Ich habe kaum mit einem Menschen geredet, der nicht wenigstens einmal in seinem Leben den kalten Hauch der Angst vor Geschlechtskrankheiten im Nacken gespürt hat.

Aber die Angst vor HIV und Aids? Ich erinnere mich ganz deutlich daran: Es gab eine Zeit in den achtziger Jahren, als die große Angst sehr verbreitet war. Horrorgeschichten geisterten durch die Massenmedien. Es wurde von einem aidskranken Passagier berichtet, dem nicht gestattet wurde, in einer amerikanischen Maschine aus China mitzufliegen. Der Kapitän weigerte sich, ihn mitzunehmen. Es gab Leute, die meinten, die Erkrankten sollten gebrandmarkt oder in den Leistenbeugen tätowiert werden. Oder warum konnte man sie nicht auf abgelegene Inseln verfrachten, damit sie dort auf den Tod warteten?

Es gibt Momente, in denen man sich vorstellen kann, daß die Kalkmalereien in den alten gotländischen Kirchen eigentlich gerade jetzt zu uns sprechen. Nicht nur zu uns, sondern auch von uns. Und daß wir selbst es sind, die sprechen.

Mitte der achtziger Jahre fing man außerdem an, nach Sündenböcken zu suchen. Radikale Politiker begannen in trüben Gewässern zu fischen. Aber nicht nur sie suchten nach Sündenböcken, sondern auch viele »gewöhnliche« Menschen, die von der Angst gepackt waren. Die Homosexuellen waren schuld, sie verbreiteten die Ansteckung. Auf die gleiche Art, wie man vor Hunderten von Jahren die Juden beschuldigt hatte, durch das Vergiften der Brunnen die tödliche Ansteckung der Pest zu verbreiten.

Damals sollten die Homosexuellen gebrandmarkt werden. Das galt insbesondere für farbige Männer. Wer von ihnen sich in Europa um Asyl bewarb, sollte gezwungen werden, einen HIV-Test machen zu lassen. Die Infizierten sollten abgewiesen werden.

Wenn die Geschichte von Aids und den achtziger Jahren einst geschrieben werden wird, werden viele düstere Bilder mit voller und entsetzlicher Wucht zum Vorschein kommen.

Wenigstens in unserem Teil der Welt ist die ganz und gar unkontrollierbare Angst heute verschwunden. Aber noch immer gibt es viele Menschen, die meinen, die Aids-Epidemie sei der Lohn der Sünde. Die Sündenböcke existieren, seien es asylsuchende Flüchtlinge, homosexuelle Männer oder russische Prostituierte.

15.

Ich erinnere mich also an den Augenblick, in dem mich selbst die Angst ergriff. Es war in Lusaka, im November 1987. Ich wohnte im Ridgeway Hotel. Ich war gerade mit dem Auto aus Kabompo angekommen, wo ich wohnte, weit oben an der nordwestlichen Grenze zwischen Sambia und Angola. Jetzt wollte ich weiter nach Europa. Das Flugzeug ging erst am nächsten Tag, nach der langen Fahrt war ich staubig und müde und stieg im Ridgeway ab. An einem Ende des Hotels entdeckte ich ein kleines Casino. Ich warf einen Blick in das dunkle Innere und wurde sofort von einer Anzahl von Prostituierten angesprochen, die entlang der Wände in dem Raum postiert waren, in dem das Roulette stand. Schön, jung. Gefährlich. Da kam mir der Gedanke, daß mehrere von ihnen sicherlich infiziert waren. Wie viele Männer in meiner Situation, Gäste des Hotels oder Casinobesucher, könnten nicht leicht der Versuchung erliegen, die sie darstellten? Eine flüchtige Nacht im Hotel, nichts weiter. Aber dann wäre der Tod schon unter der Haut, eingeschleust ins Blut, das durch die Adern gepumpt wird.

Es war, als würde ich aufschrecken und plötzlich erkennen, daß das tödliche Virus, vor dem ich mich fürchtete, sich hinter einer lächelnden Maske verbarg. Die Frauen waren jung und schön. Aber sie standen da und boten mir den Tod an. Ich wäre ein Idiot, wenn ich ihn annehmen würde. Und noch dazu bereit wäre, Geld dafür zu zahlen.

Seitdem verfolgte mich diese irrationale Angst viele Jahre lang, bestimmt bis in die Mitte der neunziger Jahre hinein. Vielleicht ist sie immer noch da, auch wenn die unbegründeten Anfälle immer seltener werden. Ich ließ mich testen, obwohl ich keinen Grund hatte, Angst zu haben. Aber Angst hatte ich trotzdem.

Ich weiß, wie gesagt, daß ich diese Angst mit vielen, vielen anderen Menschen geteilt habe.

16.

In Sambia habe ich auch zum erstenmal einen Menschen gesehen, der ganz bestimmt Aids hatte. Es war ein junger Mann, der in Kabompo mit schwankenden Schritten aus einem überladenen Bus stieg. Er fiel vor den Füßen derer, die ihn dort erwarteten, zu Boden. In einer Schubkarre wurde er ins Krankenhaus gebracht. Er war bis auf die Knochen abgemagert. Zwei Tage später war er tot. Er hatte es gerade noch geschafft, von Kitwe aus nach Hause zu seiner Mutter zu gelangen, um in ihrer Nähe zu sterben. Er hieß Richard und war 17 Jahre alt. Das war 1988. Und er war mit Sicherheit nicht homosexuell.

17.

Am selben Ort, in Kabompo, hörte ich einen holländischen Arzt einen Vortrag über die gefürchtete Krankheit halten. Es war an einem Abend in der Regenzeit, die Wege waren lehmig, aber aus allen Richtungen kamen Menschen geströmt. Mehrere Stammeshäuptlinge waren darunter, der Raum, der einer Missionsgesellschaft gehörte, war überfüllt. Draußen standen Menschen, gegen die geöffneten Fenster gedrückt. Es war unerträglich heiß, als der holländische Arzt auf eine einfache pädagogische Art – mit anschließender Übersetzung in die lokale Sprache – erklärte, was im Körper geschah, wenn das HIV-Virus erst einmal ins Blut gelangt war. Als er über die Untreue als die größte Gefahr für die Ausbreitung der Seuche sprach, hörte man ein anschwellendes Geräusch, wie von einem summenden Bienenschwarm, es kam von den Frauen. Es war ein spannungsreicher Moment. Als der holländische Arzt geendet hatte, erhob sich einer der Häuptlinge, ein sehr alter Mann. Er sagte:

– Wir alle müssen uns schützen. Um unserer Kinder willen. Es muß Schluß sein mit all dem unnötigen Umherziehen. Die Familien müssen zusammenhalten. Die Männer sollen sich an ihre Frauen halten und die Frauen an ihre Männer. Sonst werden wir alle sterben.

Das war 1988, mitten in der Regenzeit. Ich möchte wissen, wie viele Menschen, die anwesend waren und dem holländischen Arzt zuhörten, bereits infiziert waren. Wie viele von ihnen sind tot? Wie viele von ihnen leben heute noch?

18.

Der Nebel löst sich langsam auf. Ich stehe da und sehe auf das Meer hinaus und denke an Aida und ihre Mangopflanze.

Als sie sie mir zeigte, war ich ganz sicher, daß dies einer der Momente war, die man nicht vergißt, solange man lebt.

19.

Wie es eigentlich dazu kam, weiß ich nicht. Ebensowenig weiß ich, wann Aida sich entschloß, mir ihr Vertrauen zu schenken und ihr Geheimnis mit mir zu teilen. Aber ich bekam es zu sehen, als ich sie und die Familie zum zweitenmal besuchte.

Als ich sie das erstemal besuchte, war es ein sehr heißer Tag. Wir fuhren früh in Kampala los, um zu vermeiden, daß wir auf der Ausfallstraße ins vormittägliche Verkehrschaos gerieten. Beatrice, die mir half, mit den Menschen in Kontakt zu kommen, die krank waren und Erinnerungsbücher schrieben, hatte mit Christine ausgemacht, daß ich bei ihr vorbeikommen sollte. Da wußte ich noch nicht, daß es eine Tochter namens Aida gab. Von Christine wußte ich eigentlich nur zwei Dinge: daß sie Aids hatte und daß sie bereit war, mit mir darüber zu sprechen.

Als wir an diesem Morgen aus Kampala herausfuhren, empfand ich dasselbe Unbehagen, das mich begleitet hatte, als ich nach Uganda kam. Es liegt etwas fast Unanständiges darin, zu erwarten, daß todkranke Menschen bereit sein sollen, einem wildfremden Mann gegenüber von ihrem Leiden und ihrem Schicksal zu sprechen. Der außerdem aus dem fernen Winkel der Welt – Europa, dem Westen – geflogen kommt, wo die gefürchtete Krankheit fast gebändigt und zu einer chronischen, aber nicht tödlichen Krankheit geworden ist. Die Krankheit, die jetzt wahllos auf dem afrikanischen Kontinent und an anderen Orten in der armen Welt tötet.

Ich schlief schlecht, da es mich vor der Aufgabe grauste. Die Unruhe war leicht zu verstehen. Es grauste mich, weil ich wußte, daß das Schicksal von Christine und den anderen mir sehr nahegehen würde.

Beatrice hatte uns eine gute Wegbeschreibung geliefert. Wir bogen ab, und wie immer in Afrika ist man sogleich mittendrin in einer anderen Welt; in der, die etwas unzutreffend das *eigentliche* Afrika genannt wird. Aber Afrika ist immer »eigentlich«, ob Savanne oder Slum, ob alte verfallene koloniale Stadtviertel oder ein düsteres, unbestimmbares Grenzland zwischen Busch und Wüste.

Christine besaß zwei Häuser. In dem einen wohnten ihr Vater und ihre Mutter und einige der Geschwister. Als ich ankam und aus dem Auto stieg, sah ich als erstes ihren Vater, der dasaß und ein Gemüse putzte, das ich noch nie gesehen hatte. Er war unrasiert, aber sehr würdevoll. Später erfuhr ich, daß er möglicherweise 80 Jahre alt war, auch wenn niemand es mit Bestimmtheit sagen konnte. Er hatte einen scharfen Blick, und rings um ihn her existierte ein unsichtbares Kraftfeld, das sogleich alle umschloß, die sich ihm näherten.

Während der ganzen Unterredung, die ich an diesem Tag mit Christine führte, putzte er weiter sein Gemüse. Dann und wann brachte ihm ein Kind oder vielleicht eine Tante oder seine Frau etwas zu trinken.

Er war wie ein Zeitmesser, der voller Verachtung eine gewöhnliche Uhr ablehnte. Die einzige Art, die Bewegung in seinem eigenen Leben und dem anderer zu messen, war für ihn, Gemüse zu putzen.

Christine war mager und wirkte erschöpft. Ich konnte gleich sehen, daß sie sich angestrengt hatte, um uns zu empfangen. Ihre Kleiderwahl, das Gesicht, das glänzte, das sorgfältig gebürstete Haar. Bei ihr war es wie bei allen anderen Aidskranken, denen ich auf dieser Reise begegnete: das Letzte, das sie verließ, war die Würde. Es war die letzte Bastion, die bis aufs äußerste verteidigt werden mußte. Danach gab es nur noch den Tod, und der kam oft schnell, wenn die Würde erst einmal verlorengegangen war.

Christine sagte:

– Ich habe eine Tochter.

Wir saßen auf zwei braunen Schemeln im Schatten hinter dem offenen, aber überdachten Raum, in dem das Essen für die Großfamilie zubereitet wurde. Christine sagte etwas in ihrer eigenen Sprache. Aus einer Gruppe von Bananenbäumen trat ihre Tochter hervor. Sie trug einen dunkelblauen Rock, zerschlissen, mit Rissen, sie ging barfuß und hatte eine rote Bluse an. Sie war dünn und groß, und sie war ganz die Tochter ihrer Mutter, denn sie hatte den gleichen Zug um Mund und Nase und Augen. Aida war schüchtern, sie sprach mit leiser Stimme und schlug den Blick nieder. Als ich ihr die Hand gab, zog sie die ihre so schnell wie möglich zurück.

Während meines langen Gesprächs mit Christine blieb Aida verschwunden. Erst gegen Nachmittag, als wir nach Kampala zurückfahren wollten und einen Zeitpunkt für meinen nächsten Besuch vereinbart hatten, entdeckte ich sie wieder. Sie hatte sich Christines Mutter und einigen der anderen Mädchen angeschlossen, nicht Christines Töchtern, aber den Töchtern einer ihrer Schwestern. Einer der Schwestern, die bereits an Aids gestorben war. Sie kochten das Abendessen. Ich sah, wie Aida das Gemüse holte, das Christines Vater den ganzen Tag lang geputzt hatte.

Christine sagte:

– Wenn ich fort bin, wird Aida eine große Verantwortung übernehmen müssen. Um ihretwillen versuche ich zu leben, so lange ich kann.

– Weiß sie davon?

Christine sah mich fragend an.

– Natürlich weiß sie davon.

– Was hast du ihr gesagt?

– Das, was gesagt werden muß. Sie wird die Mutter ihrer Geschwister sein müssen, wenn ich fort bin, und falls meine Eltern dann noch leben, wird sie ihre neue Tochter sein.

– Wie hat sie reagiert?

– Sie wurde traurig. Was sonst?

Wir gingen zum Auto, das im Schatten einiger hoher Bäume stand, deren Namen ich mir nicht merken konnte. Ich hatte mich von ihnen allen verabschiedet, und hatte gezählt, daß Christines Familie aus 16 Personen bestand. Christine, die Lehrerin gewesen war und immer noch arbeitete, wenn sie die Kraft dazu hatte, war in dieser großen Familie die einzige mit einem Einkommen, auch wenn es sehr niedrig war. Auf eine sehr direkte Weise brachte sie ihren niedrigen Lohn mit ihrem eigenen Schicksal in Verbindung.

– Virushemmende Mittel gegen Aids kosten im Monat genau das Doppelte von dem, was ich verdiene.

Sie schüttelte den Kopf, ehe sie fortfuhr:

– Man kann sich natürlich fragen, ob die Medikamente zu teuer sind, oder ob ich zu wenig verdiene. Aber die Antwort ergibt sich von selbst. Mit meinem geringen Lohn habe ich es immer geschafft, die Familie zu ernähren. Aber das Geld reicht nicht, um mich vor dem Tod zu schützen.

Christine nahm also keine Medikamente. Sie sagte, sie fühle sich jetzt erschöpfter als noch im Jahr zuvor. Seit sieben Jahren wußte sie, daß sie krank war. Als ihr Mann plötzlich anfing abzumagern und dahinzusiechen, wurde es ihr klar. Am Tag, nachdem ihr Mann gestorben war, ließ sie bei sich den Test machen. Das Ergebnis war keine Überraschung für sie. Ein Jahr lang behielt sie es ganz für sich. Dann erzählte sie es, zuerst ihrer Schwester, dann ihrer Mutter. Da sagte ihr die Schwester, daß sie ebenfalls krank sei.

– Ich sprach mit Aida darüber, als sie dreizehn wurde. Ich merkte, daß die Krankheit mir zusetzte. Sie schlief nicht mehr in meinem Körper. Sie hatte angefangen, sich zu bewegen.

– Was hat sie gesagt?

– Das hast du schon einmal gefragt. Sie sagte nichts. Sie wurde traurig. Ich glaube, sie wußte schon vorher, daß ich krank war.

– Wie konnte sie das wissen?

– Aida ist ein Mädchen, das klug ist und darauf hört, was die Menschen sagen. Außerdem scheut sie sich nicht zu fragen. Aber am wichtigsten ist wohl, daß sie denen nicht glaubt, die leugnen, daß diese Krankheit überhaupt existiert.

Wir waren vor dem Auto stehengeblieben. Der Fahrer schlief. Fliegen summten, es duftete nach zerquetschten Bananen und feuchter Erde. Christine betrachtete mich.

– Das erstaunt dich nicht? Du weißt, daß viele Menschen, allzu viele, immer noch glauben, daß eine Krankheit namens Aids gar nicht existiert. Oder sie glauben, es sei eine Krankheit, von der man sich auf entsetzliche Art befreien könne.

Ich nickte, da ich Bescheid wußte.

Als wir losfuhren, stand Aida mit einem großen Kochtopf in der Hand da. Christine winkte, genau wie ihre Mutter und viele andere in der Familie. Aida winkte nicht, da sie ja etwas in den Händen hielt. Trotzdem wußte ich, daß sie schon auf meine Rückkehr wartete.

Wie kann man manchmal gerade das wissen, was man gar nicht weiß? Man weiß es einfach.

20.

An diesem Abend dachte ich an das, was Christine gesagt hatte. Über all die Menschen, die immer noch leugneten, daß tatsächlich eine Krankheit namens Aids existierte. Und über die, welche die Krankheit nicht leugneten, aber meinten, es gäbe allerlei absonderliche Heilmittel. Ich erinnerte mich an ein Schild, das ich vor fünfzehn Jahren in Sambia gesehen hatte, irgendwo zwischen Kabwe und Kapiri Mposhi. »Ich repariere Ihr Fahrrad, während mein Bruder Sie von Aids kuriert.«

Ich dachte an das, was gegenwärtig in Südafrika geschieht. Die Anzahl der Vergewaltigungen hat seit langer Zeit ständig zugenommen. Aber bis vor wenigen Jahren waren die meisten Vergewaltigungsopfer erwachsene Frauen, oder zumindest Teenager. Jetzt nicht mehr. Denn seit 2001 hat in gewissen Teilen des Landes die Vergewaltigung von Kindern zugenommen, sogar die der widerlichsten Art, die Vergewaltigung von Kleinkindern. Dahinter steckt der verbreitete, ohnmächtige Glaube, man könne sich von Aids befreien, indem man mit einer Jungfrau Geschlechtsverkehr hat.

Aber wie bekämpft man den Aberglauben? Die Menschen sind verzweifelt. Wie soll es möglich sein, die Aidsepidemie in den Griff zu bekommen, wenn weiterhin derartige Wahnvorstellungen grassieren?

Christine hatte von ihrer Arbeit gesprochen. Von ihrer Rolle als Lehrerin der heranwachsenden Generation. Sie sagte:

– Jedesmal, wenn ich vor meinen Schülern stehe, ist es, als trübe sich mein Blick. Auf die gleiche Weise, wie es die Augen meines Vaters tun. Er klagt mitunter – auch wenn er kein besonders wehleidiger Mensch ist – darüber, daß sich alles um ihn her zu vervielfältigen scheint. Er sieht mich als zehn Personen, oder er sieht meine Mutter als ebenso viele. Genauso geht es mir, wenn ich vor meinen Schülern stehe. Obwohl ich keine Schwierigkeiten mit meinen Augen habe. Jedenfalls noch nicht, auch wenn ich weiß, daß viele Aidskranke erblindet sind, ehe sie starben. Ich sehe, wie sich meine Schüler vervielfachen. Und diejenigen, die ich sehe, sind all die Kinder, die noch gar nicht meine Schüler geworden sind. All jene, die nie die Kunst des Lesens und Schreibens erlernen werden. Lesen und schreiben lernen heißt überleben lernen. Denn wie soll man sonst Informationen darüber aufnehmen können, wie Krankheiten übertragen werden, wie soll man sonst lernen, sich zu schützen und zu überleben? Natürlich sind Medikamente wichtig, natürlich will ich, daß mein Lohn dafür ausreicht. Aber genauso wichtig ist es, daß all die Kinder, die ich als trübe Bilder vor mir sehe, Zugang zu dem Wissen erhalten, das sie eines Tages vor dem allzu frühen Tod bewahren kann. Ich will ja, daß es ihnen erspart bleibt, Erinnerungsbücher für ihre eigenen Kinder zu schreiben, weil sie einen vorzeitigen Tod sterben müssen.

Das sagte Christine. Mehrere Male. Sie wollte, daß ich mich daran erinnere. Deshalb wiederholte sie sich.

21.

Erinnerungsbücher. Schriften im Angesicht des Todes, über den Tod und über das Leben. Auf englisch: Memory Books.

Davon soll der Text handeln, den ich hier schreibe.

Ich war nicht nach Uganda gefahren, damit ein Mädchen namens Aida mir seine Mangopflanze zeigte, die es zärtlich pflegte und unter einer Reisigdecke verbarg, damit die Schweine der Familie nicht an sie herankamen und sie auffraßen. Ich war nach Uganda gefahren, um Menschen zu treffen, die sich auf ihren Tod vorbereiteten, indem sie für ihre Kinder kleine Hefte vollschrieben.

Wann ich zum erstenmal von diesen Erinnerungsbüchern hörte, weiß ich nicht. Aber ich erkannte sofort, daß es etwas war, worüber ich mehr erfahren wollte. Diese Erinnerungsbücher, diese kleinen Hefte mit eingeklebten Bildern und Texten, von Menschen geschrieben, die kaum das Alphabet beherrschten, könnten sich in vielerlei Hinsicht als die wichtigsten Dokumente unserer Zeit erweisen. Wenn alle Untersuchungen, Protokolle, finanziellen Berechnungen, Gedichtsammlungen, Schauspiele, mathematischen Formeln für das Abschießen von ferngelenkten Raketen, Computerprogramme, all das, was unser Leben und unsere

Geschichte formt, vergessen ist, dann werden vielleicht diese dünnen Hefte, diese Erinnerungen, welche die zu früh Verstorbenen hinterließen, die wichtigsten Dokumente unserer Zeit sein.

In 500 Jahren, was wird dann übrig sein von unserer Zeit und den Zeiten davor? Natürlich die griechischen Dramen, Shakespeare, einiges andere. Aber das meiste wird fort sein, wenn nicht vergessen, dann nur für wenige lebendig. Aber diese Erinnerungshefte werden vielleicht leben und den künftigen Generationen von der großen Plage erzählen, die unsere Zeit heimsuchte, die Millionen tötete und Millionen von Kindern elternlos machte.

Außerdem gab es viele Fragen. Wie erzählt ein Mensch von sich selbst, wenn er oder sie nicht schreiben kann? Ich sah andere Arten von Erzählungen vor mir. Denn Erinnerungen können Düfte sein, Bilder, müssen nicht Fotografien oder Texte sein. Was erzählt eigentlich anderen davon, wer wir sind? Bestimmt steht in den Tagebüchern mancher Menschen etwas über mich. Aber was erzählen die Worte? Mehr oder weniger als die Tatsache, daß ich für Menschen oft in erster Linie eine lachende oder weinende oder vielleicht nach Knoblauch riechende Person bin?

Das Erzählen besteht aus Worten. Früher wanderten mündliche Erzählungen von Generation zu Generation, und das tun sie vermutlich in vielen Fällen auch heute noch. Aber wer ist noch da, um zu erzählen, wenn so viele Glieder aus der Kette der Erzähler verschwinden? Was können Kinder über ihre Eltern erzählen, an die sie sich nicht erinnern, da sie zu klein waren, als die Eltern verstarben? Und wenn ich es umkehre: Auf welche Weise können Eltern ihren Kindern, die noch zu klein sind, um es zu verstehen, erzählen, wer sie sind? Denn davon handeln diese Erinnerungsbücher.

Wie erzählt ein Mensch, der nicht schreiben kann? Wenn die mündliche Ansprache nicht mehr möglich ist? In diesem Moment wurde mir klar: Jeder kann seine Geschichte erzählen. Die Worte machen alles einfacher, sie sind das überlegene Instrument. Aber Worte kann man ersetzen, dachte ich. Es muß möglich sein, auch die Erzählungen des schriftlosen Menschen zu enthüllen. Die Düfte, die Abdrücke, die Zeichnungen oder vielleicht die Bilder, die mit einer billigen Wegwerfkamera aufgenommen worden sind. Warum sollte man nicht jeden Menschen, der eine Erinnerungsschrift hinterlassen möchte, mit einer dieser billigen Kameras ausstatten? Bilder erzählen zwar nicht mehr als tausend Worte, oft erzählen die Worte mehr, aber als Teil einer Erzählung ist ein Gesicht, ein Lächeln, ein Körper, ein Mensch vor einer Hauswand oder mit Bananenbäumen im Hintergrund genauso wichtig.

Die Erinnerungsbilder handeln davon: daß die Kinder Augenkontakt mit ihren verstorbenen Eltern haben können. Erinnerungen an Hände, die man tief in seinem Inneren bewahrt, Worte und Stimmen, an die man sich nur vage erinnern kann, wie an etwas Fernes aus einem Traum.

22.

Ich fuhr nach Uganda, um dies zu verstehen. Um davon erzählen zu können. Um zu erzählen, daß diese Erinnerungsschriften, diese Memory Books oder Livros des memorias, Erinnerungsbücher, Livres de mémoires, wichtige Dokumente unserer Zeit sind.

Wichtig. Aber zugleich sollten sie ganz unnötige Bücher sein. Das eigentliche Ziel der Erinnerungsschriften muß es sein, dazu beizutragen, daß sie eines Tages nicht mehr gebraucht werden. Niemand soll gezwungen sein, vorzeitig an Aids zu sterben. Die Suche nach Impfstoffen und Heilmitteln muß laufend intensiviert, existierende virushemmende Mittel müssen zugänglich gemacht werden. Niemand soll in Zukunft Erinnerungsbücher schreiben müssen.

Aber Millionen von diesen Erinnerungsbüchern müssen trotzdem geschrieben werden. Und alle sollen natürlich das Recht haben, es zu tun und die nötige Hilfe zu erhalten. Kein hinterlassenes Kind, weder in einem kleinen Dorf nördlich von Kampala noch in irgendeinem Dorf in China oder Indien, soll als Erwachsener wie gelähmt vor der Tatsache stehen, nichts über seine Eltern zu wissen.

Nichts anderes zu wissen, als daß sie an Aids starben.

Wie viele Menschen wissen eigentlich heute in einem Land wie Schweden, was für eine entsetzliche Krankheit Aids ist? Haben wir bereits die Bilder und die Beschreibungen vergessen, die vor 10–15 Jahren präsentiert wurden, als noch Unsicherheit darüber herrschte, ob es uns gelingen würde, die Epidemie zu kontrollieren? Die Erkrankten wissen es, die Angehörigen wissen es, ebenso wie das Personal, das die Kranken pflegt. Aber für die meisten anderen ist Aids eine Krankheit, die zur Folge hat, daß man abmagert und dann dahinsiecht, vielleicht schwarze Flekken im Gesicht bekommt, und daß der Zusammenbruch des Immunsystems zu ständigen Infektionen führt und schließlich vielleicht zu einer tödlichen Lungenentzündung. All das ist richtig. Aber die Wahrheit über Aids bedeutet oft auch starke Schmerzen, die schwer zu lindern oder ganz zu beseitigen sind.

In unserem Land gibt es jedoch Pflege, qualifizierte, liebevolle, solange es nötig ist. Vor ungefähr zehn Jahren wurden die sogenannten virushemmenden Mittel entwickelt. Es war möglich, das HIV-Virus in den Griff zu bekommen. Menschen, die infiziert waren, konnten zu hoffen beginnen, daß ihr Leben trotz allem lang werden würde. Aber in einem armen Land wie Afrika, wo schon die Krankenpflege brachliegt? Mit einem ständigen Mangel an Ressourcen, von sauberen Laken bis zu den fortschrittlichsten Medikamenten. Und wo der Druck auf Pflege und Hilfe immerzu wächst. Wie sieht es da aus?

In Schweden oder in einem Land wie Uganda an Aids erkrankt zu sein sind zwei völlig verschiedene Dinge. Das gilt auf allen Gebieten. Auch was die Pflege betrifft. Auch was die Schmerzen betrifft.

Wird man in einem armen Land geboren, ist das Risiko, schwere Schmerzen ertragen zu müssen, so unendlich viel größer als in einem Land wie Schweden. In einem armen Land fehlt es an Ressourcen. Nicht zuletzt an den medizinischen Fähigkeiten, die erforderlich sind, um die Schmerzen der Menschen zu lindern. Das ist so grausam. Auch wenn man sterben muß, darf es nicht so sein, daß der Tod eine größere oder kleinere körperliche Qual darstellt, je nachdem, wo du zufällig geboren bist.

23.

Am selben Tag, an dem mir Christine ihr Erinnerungsbuch zeigte, das sie für Aida geschrieben hatte, nahm Aida mich ihrerseits heimlich mit und zeigte mir ihre Mangopflanze. Es gab natürlich einen Zusammenhang zwischen dem, was Christine und Aida taten. Aber es war kein ausgemachter Plan. Angesichts des Todes und der Trauer, die einen erwarten, ergeben sich die Pläne oft von selbst. Jedesmal, wenn die Rede auf das Erinnerungsbuch kam, suchte Aida Trost bei ihrer Mangopflanze. Um den Gedanken an den Tod zu ertragen, mußte sie das Leben beschwören.

24.

Die kleinen Erinnerungsschriften, die man Memory Books nennt, folgen einem einfachen Muster. Auf vorgedruckten Blättern ist der Aufbau vorgegeben. Die Kapitelüberschriften, die den einzelnen Seiten vorangestellt sind, folgen einer einfachen Logik. Aber die Memory Books, die ich in Uganda las, waren alle originell. Keines glich dem anderen.

Menschen wählen ihre eigenen Fahrwasser, wenn sie reisen wollen. Das Wichtigste ist, sich nicht an die Anleitung zu halten, sondern jenes Besondere zu erzählen, was allein er oder sie erlebt hat. Dazu braucht man sie gar nicht zu drängen. So denken Menschen von selbst. Alle spüren ihre Besonderheit, auch wenn sich die meisten aus Bescheidenheit für nichts anderes als »gewöhnlich« halten. Aber der gewöhnliche Mensch ist immer ein Mensch mit großen und überraschenden Erfahrungen.

25.

An einem der Abende in Kampala dachte ich lange darüber nach, was eigentlich die Erinnerung an einen Menschen ausmacht. Ich dachte natürlich an mich selbst. Was sollen die Menschen von mir in Erinnerung behalten? Was soll lieber verborgen bleiben? Habe ich Geheimnisse, die ich mit ins Grab nehmen werde? Wie kann ich die Erinnerungsbilder der Menschen beeinflussen?

Die Frage ist natürlich unsinnig. Ich kann nicht darüber entscheiden, was andere Menschen von mir in Erinnerung behalten wollen. Ich kann ja nur vage ahnen, was für Eindrücke ich hinterlassen habe. Reaktionen auf das, was ich geschrieben habe, was ich im Bereich des Theaters gemacht habe, kann ich teilweise vorhersehen. Aber die Erinnerung an mich als Person? Dieses Kind, das am 3. Februar 1948 gegen vier Uhr morgens im Krankenhaus St. Göran geboren wurde? Ich kann vermuten, daß die Erinnerungsbilder unterschiedlich sein werden. Manche werden mich als ein recht düsteres, melancholisches Geschöpf in Erinnerung behalten, das vor allem seine Ruhe haben wollte und in Wut geraten konnte, wenn man es störte. Andere hingegen werden sich an das Gegenteil erinnern, an einen angenehmen, gutgelaunten Kerl, den man keineswegs als letzten einlud, wenn man ein Fest feiern wollte.

Ich weiß nicht, wie es werden wird. Ebensowenig, wie lange es anhalten wird. Erinnerungen sind immer endlich. Für eine Anzahl von Jahren wird es Erinnerungsbilder von mir geben. Aber eines Tages werden auch sie verschwunden sein. Es ist nur wenigen vergönnt, über die Erinnerungen ihrer Enkel hinaus weiterzuleben. In hundert Jahren gehören die meisten von uns zu den namenlosen grauen Schatten in dem Schwarzen da draußen, das uns umgibt.

Aber ich stelle mir die Frage auch umgekehrt. Was habe ich selbst von anderen in Erinnerung?

26.

Dieser Abend in Kampala: Ich blieb lange in der Dunkelheit liegen und dachte an meine Eltern. Das ergab sich ganz von selbst. In der Zeit meines Heranwachsens waren sie natürlich wichtig für mich. Aber auf ganz unterschiedliche Weise. Mein Vater war die Person, die anwesend war. Ohne seine Fähigkeit mich wahrzunehmen, mir zuzuhören, zuversichtlich zu sein, weiß ich nicht, wie es sich entwickelt hätte. Er wog dadurch bei weitem die Tatsache auf, daß meine Mutter nur durch ihre Abwesenheit anwesend war. Sie war überhaupt nicht da, nur als eine Gestalt auf Fotografien, die von Heimlichtuerei umgeben waren. Meine Mutter war ein eigentümlicher Schatten, als ich klein war. In welchem Alter mir schließlich bewußt wurde, daß mit meiner Mutter etwas nicht stimmte, weiß ich nicht mehr. Aber ich erinnere mich, daß ich meine Großmutter väterlicherseits fragte, die bei uns wohnte, warum ich keine Mutter hätte. Was sie antwortete, weiß ich nicht mehr. Aber es war eine ausweichende Antwort, das merkte ich. Kinder lernen früh, die Art zu interpretieren, wie Erwachsene Fragen beantworten. Man lernt früh, Antennen zu entwickeln, die unterscheiden können, was Wahrheit und was Lüge ist, welche Antworten klar und welche ausweichend sind.

Dann, als ich sechs Jahre alt war, fing ich heimlich an,

nach Spuren dieser verschwundenen Mutter zu suchen. Ich fand weitere Fotografien. Unter anderem eine, auf der ich auf ihrem Schoß saß. Es war in einem Fotoatelier aufgenommen worden, als ich ein Jahr alt war. Ich erinnere mich noch ganz genau daran, wie mein Herz klopfte, als ich zum erstenmal das Gesicht meiner Mutter betrachtete. Sie war so früh verschwunden, daß ich keine Erinnerungen an sie hatte. Jetzt sah ich, wie sie aussah. Es erstaunte mich, daß sie meinem Vater so unähnlich war. Müssen Menschen, die Kinder bekommen, einander nicht gleichen? Dann dachte ich, daß sie mich auf dem Foto ansah, als sei ich ein fremdes Kind. Ein Wechselbalg oder Trollkind.

Ich glaube natürlich nicht, daß ich damals so dachte, nicht so ausformuliert. Aber gewiß spürte ich, daß etwas nicht stimmte. Sie hielt mich, als sei ich etwas, das sie so schnell wie möglich wieder loslassen wollte.

In dieser Nacht in Kampala dachte ich an sie und an meinen Vater, beide seit langem tot. In der Dunkelheit fiel es mir schwer, mir ihre Gesichter ins Gedächtnis zu rufen. Das war in diesem Moment ein aufwühlendes Erlebnis. Ich hatte das Aussehen meiner Eltern vergessen. Natürlich waren sie lange fort gewesen, mein Vater starb im April 1972, meine Mutter einige Jahre später. Es gab ein dreißigjähriges Niemandsland zwischen den Gesichtern, die ich gesehen hatte, und denen, an die ich mich jetzt nicht erinnern konnte.

Hingegen konnte ich mich sehr deutlich an den Duft der Haare meines Vaters und seiner Anzüge erinnern. Auch das Gesicht meiner Mutter war verschwommen. Aber der Laut ihrer Stimme, ihre Art zu reden, die unverkennbaren Spuren eines Örebro-Dialekts, die aus ihrer

Kindheit übriggeblieben waren; das habe ich von ihr in Erinnerung.

Im Geiste schrieb ich ein paar dünne Erinnerungshefte über meine Eltern. Und freilich gelang es. Die Erinnerung an Düfte und eine Stimme ließen die Gesichter langsam aus dem Dunkel hervortreten. Jetzt sah ich meine Eltern wieder. Hinter diesen Duft- und Stimmenpforten, die aufgestoßen wurden, gab es mannigfache Erinnerungen. Mir kamen Ereignisse in den Sinn, Gespräche, Bilder aus der Nähe und aus der Ferne.

Erinnerungen setzen also weder Worte noch fotografische Bilder voraus. Gerade das machte die Memory Books, die ich in Uganda zu sehen bekam, so bemerkenswert. Ich blätterte in den kleinen Heften. Da gab es gepreßte Blumen, Insekten, unter anderem einen Schmetterling, dessen Flügel in einer leuchtendblauen Nuance schillerten. Jemand hatte Sandkörner mit Klebeband befestigt. Aber da gab es auch Kreidezeichnungen, Strichmännchen, Landschaften, Menschen, als wären die Textseiten uralte Felsmalereien.

Ich sah Erzählungen ohne Worte, ohne Bilder. Es herrschte Freude und Klarheit in diesen Erzählungen. Aber natürlich vor allem Verzweiflung und Sorge: Was geschieht mit meinen Kindern, wenn ich fort bin? Alle, mit denen ich geredet habe, alle, die ihre Unsicherheit überwunden und ihren Kindern Erinnerungsbücher hinterlassen haben, waren jedoch froh, es getan zu haben. Ich sprach mit Männern und Frauen, die jeweils vielleicht neun oder zehn Erzählungen verfaßt hatten, eine für jedes Kind, unterschiedlich erzählt, dem Alter der Kinder entsprechend.

Erzählungen sind Brücken. Niemand bereut den Bau einer Brücke.

Natürlich war gerade dies das Erschütterndste und zugleich Ergreifendste an den dünnen kleinen Erinnerungsheften. Sie bedeuteten Abschied, waren unerbittliche Abschiedsbriefe. Alle Erzählungen mündeten in eine unendliche Leere, sie handelten von Leben, die allzu früh abgebrochen werden sollten.

Christine sprach es als Antwort auf meine Frage deutlich aus:

– Wann kommt der Tod zu früh?

Sie überlegte lange, ehe sie antwortete.

– Wann ist der Tod eines Menschen verfrüht? Es gibt natürlich verschiedene Antworten. Eine Antwort, die immer wahr ist, ist, daß der Tod zu früh kommt, wenn ein Elternteil, meist eine Mutter, ihre Kinder verlassen muß, solange sie noch zu klein sind, um allein zurechtzukommen. Und wenn sie nicht sicher ist, ob es jemanden gibt, der die Fürsorge für die Kinder garantieren kann, wenn sie selbst fort ist.

Plötzlich bemerkte sie, daß einige ihrer Kinder zuhörten. Sie verstummte sofort.

– Glaubst du, daß sie hören, worüber wir sprechen?

– Ich weiß es nicht.

Dann brach sie plötzlich in Lachen aus.

– Das spielt doch keine Rolle. Warum versuche ich mich selbst oder meine Kinder und meine Freunde zu täuschen? Alle wissen ja, daß meine Tage gezählt sind.

Später, an unserem letzten gemeinsamen Tag, kam sie auf die Frage zurück:

– Der Tod stört immer, egal wann er kommt.

27.

Ich habe es schon öfter erlebt.

Menschen, die bald sterben werden, möchten spüren, daß sie noch leben. Oft mit einer ebenso desperaten wie zuweilen unverständlichen Intensität.

Ich hatte einmal einen Freund, der an Knochenkrebs erkrankte. Er verdrängte solange wie möglich, daß er starke Schmerzen hatte und in wenigen Monaten sterben würde. Er würde nicht einmal das Alter von 40 Jahren erreichen. Wir hatten einander lange gekannt. Das Traurige war, daß er sich sein Rentnerdasein immer als eine Zeit vorgestellt hatte, in der er die Welt umsegeln würde. Als ich ihn eines Tages besuchte, bestand er darauf, sein Gesicht in einem Spiegel zu betrachten und zu fragen, ob ich nicht fände, daß sein Gesicht in den letzten Jahren gereift sei. Ich stimmte ihm natürlich zu. Jetzt im nachhinein, wo er schon seit vielen Jahren tot ist, kann ich mich nicht erinnern, daß wir damals über etwas anderes sprachen, über etwas anderes, als daß sein Gesicht gereift sei und einen Mann auf dem Weg in seine besten Jahre erkennen lasse.

Genauso war es bei den Menschen mit Aids, die ich in den Dörfern nördlich von Kampala traf. Ständig zeigten sie mir irgendwelche Dinge. Fotos, ein frisch gestrichenes Zimmer, einen gestrickten Pullover. Alles hatte Bedeutung, da sie sich dadurch bestätigt fühlten, es als ein Zeichen nahmen, daß sie noch lebten, von diesen Gegenständen irgendwie beschützt wurden. Obwohl sie in vielen Fällen schon so krank waren, daß sie sehr bald sterben würden. Die Gegenstände ermöglichten ihnen trotzdem die Illusion, sich in sicherem Abstand vom kalten Tod zu befinden.

28.

Auf meiner Reise nach Uganda sprach ich mit vielen kranken Menschen. Aber am meisten sprach ich mit dreien, Christine, Gladys und Moses. Und außerdem war da noch Aida. Sie, die nicht krank war, sie, die nicht sterben würde, sondern vielmehr eine große Verantwortung zu übernehmen hatte.

Sie, die die Mangopflanze hegte.

Von Christine habe ich schon erzählt. Ein paar Kilometer von ihrem Haus entfernt wohnte Moses. Nachts auf dem Flug von London hatte ich mir ein paar Stichworte notiert. Im nachhinein wirken die Fragen völlig idiotisch, oder vielleicht arrogant. Die allerdümmste lautete:

Wann hast du Angst bekommen?

Das war natürlich die nächstliegende Frage. Die Angst, offen oder versteckt, geht stets mit der Ansteckung einer tödlichen Krankheit einher. Man wartet auf ein Testergebnis, welches das eigene Todesurteil bedeuten kann.

Ein junger Mann, der sich Ende der achtziger Jahre in Göteborg mit HIV angesteckt hatte, erzählte mir, daß der Arzt, der ihm mitteilen mußte, daß das Ergebnis seines Tests positiv war, in Tränen ausbrach. Er war 19 Jahre alt, als er erfuhr, daß er infiziert war. Statt sich mit seiner eigenen Angst auseinanderzusetzen, mußte er den weinenden Arzt trösten.

Wann hast du Angst bekommen?

Wann habe ich selbst Angst bekommen?

In dieser Nacht im Flugzeug zwischen London und Entebbe dachte ich über die Momente in meinem Leben nach, in denen ich solche Angst gehabt hatte, daß ich wie gelähmt war. Ich konnte mich an drei Situationen erinnern, bei einer ging es um das Warten auf den Bescheid eines Arztes.

Es war Anfang der neunziger Jahre. Ich war in Mosambik, es war Herbst, warme Tage. Ich war gerade mitten in den Proben zu einer Inszenierung am Theater, fühlte mich aber zunehmend krank. Ich vermutete, daß es entweder die Grippe war oder vielleicht Malaria, oder einfach nur allgemeine Erschöpfung. Ich hatte wie gewöhnlich viel zuviel gearbeitet. Die Erschöpfung ließ nicht nach. Jeden Vormittag schleppte ich mich zu meinem R4 hinaus und hielt lange, schweigende Beratungen mit mir selbst ab, ehe ich mich zu dem Versuch entschloß, noch einen weiteren Tag zu arbeiten.

Aber eines Vormittags, als ich das Theater erreicht und den Wagen geparkt hatte, blieb ich sitzen. Mir wurde klar, daß etwas mit mir ganz und gar nicht stimmte. Ich war ernstlich krank, es war etwas Ungewöhnliches, etwas, das im Körper herumschlich und mein Leben bedrohte. Ich fuhr wieder nach Hause, machte aber unterwegs halt und ging in einen Laden, um etwas zu essen einzukaufen. Auf der Treppe traf ich Christer, einen schwedischen Zahnarzt und Entwicklungshelfer.

– Du bist ja ganz gelb, sagte er.

Ich ging zum Arzt, wurde in eine Klinik geschickt und kam mit Leberwerten zurück, die katastrophal waren. Auf dem schnellsten Weg wurde ich nach Südafrika transportiert. An die Reise habe ich keine Erinnerung. Aber es war tatsächlich eine aggressive Gelbsucht. (Ich vermute, daß ein unsauberer Salat in einem Restaurant in Pemba im nördlichen Mosambik schuld daran war.)

Aber es war dennoch nicht nur die Gelbsucht. Eines Morgens kam ein Arzt in mein Zimmer. Er war stark übergewichtig und trug eine jüdische Kippa auf dem Kopf. Ich erinnere mich sehr genau an meine Boten im Laufe der Jahre, an die Menschen, die mir entscheidende Mitteilungen überbracht haben.

Ich weiß nicht mehr, wie er hieß. Aber er hatte Schweiß auf der Stirn und er sagte ohne Umschweife, sie hätten einen Fleck auf der einen Lunge entdeckt. Es könnte etwas Bösartiges sein. Es würde ein paar Tage dauern, bis sie die Ergebnisse der verschiedenen Proben vorliegen hätten. Dann ging er wieder. Ich glaube, während dieser kurzen Visite begegnete er nicht einmal meinem Blick.

Ich erinnere mich an das lähmende Gefühl. Die Panik war ein schwerer Haken, der sich ins Bewußtsein bohrte und sofort Signale an die verschiedenen Teile des Körpers aussandte. Die Angst sitzt ebenso im Gehirn wie im Magen. Es war wie ein wütendes Telegramm, das aus einem Apparat in meinem Inneren herausratterte.

Also Lungenkrebs. Es gab kein Entrinnen. Meine erste Zigarette habe ich in Spencers Konditorei auf der Allégatan in Borås geraucht. Es muß an einem der letzten Tage im August 1963 gewesen sein. Ich war gerade aufs Gymnasium gekommen. Eine von meinen Mitschülerinnen, ein Mädchen namens Hedelin, glaube ich, bot mir eine Zigarette an. Eine rote Prince. Ich hatte noch nie geraucht, bis auf heimliche Zigarrenstummel in Sveg. Aber jetzt schien es geboten, die Zigarette anzunehmen. Von da an war ich Raucher. Obwohl ich längst aufgehört hatte zu rauchen, als der jüdische Arzt mein Krankenzimmer betrat, hatten mich also alle meine früheren Zigarettenschachteln eingeholt. Sogar hier unten im südlichen Afrika. Ich hatte zu spät aufgehört. Der Lungenkrebs würde mich töten. Ich sah meine Lungen prall von Teerklumpen vor mir. Verzweifelt, um die Panik leidlich unter Kontrolle zu halten, versuchte ich zu denken, daß ich vielleicht noch ein paar Jahre zu leben hätte. Nicht mehr. Aber immerhin lange genug, um vielleicht einiges von all dem zustande zu bringen, was ich geplant hatte. Nicht zehn Bücher, aber vielleicht zwei. Und ein Theaterstück, wenn ich hart arbeitete.

Es waren einige Tage und Nächte in äußerster Panik. Ich lag im Krankenzimmer, manchmal hörte ich Schüsse in der unruhigen Johannesburger Nacht, die Angst kam und ging in Wellen. Ich kann mich jedoch nicht erinnern, daß ich je zu weinen angefangen hätte. Ich hielt mich zurück. Es wäre eine Niederlage, wenn ich zusammenbräche. Das würde der Krankheit freien Lauf lassen, und sie würde mich auf der Stelle zermalmen. Ich versuchte die Anzahl von Tagen heraufzubeschwören, an denen ich trotz allem ein normales Leben würde führen können. Ich versuchte zu denken, daß der Krebs sehr früh entdeckt worden war und daß mir dadurch eine lange Anlaufstrecke für meinen letzten Weg vergönnt war.

Nachts lag ich wach und dachte, das Ganze sei vielleicht ein Irrtum. Ein technischer Fehler im Röntgengerät, ein Schmutzfleck auf der Röntgenplatte.

Eines Vormittags kam der übergewichtige Arzt mit der Kippa wieder. Ich klammerte mich an den Bettrahmen und bereitete mich auf das Todesurteil vor. Aber er teilte mir lediglich mit, es sei eine Ansammlung von Flüssigkeit in der einen Lunge. Nichts Gefährliches, kein Krebs. Dann ging er.

Ich möchte wissen, was er von der Angst der Menschen

wußte. Oder war es unter seiner Würde, sich mit so niederen menschlichen Gefühlsregungen zu befassen? Ich dachte hinterher und denke es noch, daß ich ihn für sein Unvermögen, meine Angst zu sehen, haßte. Aber wie steht es mit mir selbst? Sehe ich die Angst anderer, wenn sie doch offensichtlich sein müßte?

Auch die beiden anderen Momente von begründeter Todesangst habe ich in Afrika erlebt. In Lusaka wurde ich eines Abends im Auto überfallen, als ich vor dem Haus, in dem ich wohnte, anhielt. Ich wurde von einem Mann mit blutunterlaufenen, drogenstarren Augen aus dem Wagen gezerrt. Er drückte mir eine Pistole gegen die Stirn. Wie lange, kann ich auch jetzt noch nicht sagen. Ich habe zu rekonstruieren versucht, wieviel Zeit die Banditen brauchten, um mich aus dem Wagen zu ziehen. Dreißig Sekunden? Mehr? Weniger? Ich weiß es nicht. Aber ich war mir ganz sicher, daß ich sterben würde. In den achtziger Jahren war es in Sambia üblich, daß die bewaffneten Banditen auch von der Schußwaffe Gebrauch machten. Sie hatten nichts zu verlieren. Hatte man im Zusammenhang mit einem Raubüberfall eine Waffe benutzt, reichte das aus, um den Verbrecher zum Tode zu verurteilen. Und sie wurden erhängt. Der Henker von Sambia hieß absurderweise White, wie ich mich erinnere. Also schossen die Banditen in der Regel. Ich erinnere mich an den kalten Schrecken, als füllte jemand meine Adern langsam mit flüssigem Eis. Ich dachte, daß ich jetzt sterben müßte, daß ich nicht auf diese barbarische, einfältige Art sterben wollte. Dann wurde der Revolver weggezogen, ich wurde mit einem Tritt zu Boden gestreckt, und als der Wagen mit einem Blitzstart verschwand, wurde mir klar, daß ich noch lebte.

Der dritte Moment war der schlimmste. Es mag exotisch wirken, fast wie eine komische Episode. Aber es war das Gefährlichste, was mir in meinem Leben zugestoßen ist, jedenfalls soweit es mir bewußt ist. (Niemand kann natürlich sagen, wie nahe er möglicherweise einer Flugzeugkatastrophe ist, oder einem Autounfall.)

Es war auf einem der kleineren Seitenarme des Kabompoflusses. Sambia, immer noch in den achtziger Jahren. Wir waren ein paar Leute, die angeln wollten, wir fuhren flußaufwärts, stellten den Motor ab und angelten, während wir dahintrieben. Wir wußten, daß es weiter unten in der Richtung, in die wir trieben, genau dort, wo der Fluß sich teilte, eine Stelle gab, wo Flußpferde hausten. Flußpferde sind äußerst gefährlich, wenn sie eine Gefahr für ihre Jungen sehen. Und genau diese Flußpferde hatten Junge. Ein gutes Stück vor der Stelle zog also einer von uns am Starterkabel des Außenbordmotors. Der nicht startete. Zunächst war alles ruhig, derjenige, der am Motor saß, zog weiter am Kabel, stellte den Choke ein, spritzte ein wenig Benzin in den Vergaser und zog. Keine Zündung. Wir waren jetzt so weit flußabwärts gelangt, daß wir die Köpfe der Flußpferde sehen konnten. Wir mußten es nicht aussprechen, denn alle wußten es: Wenn der Motor nicht ansprang, hätten wir keine Chance. Die Flußpferde würden das Boot angreifen, es umkippen und uns anschließend zwischen ihren riesigen Kiefern in Stücke reißen. Der Gedanke, hineinzuspringen und zu schwimmen, war keine Alternative. Keiner würde das Ufer erreichen, da der Fluß von Krokodilen wimmelte.

Im allerletzten Moment fing der Motor stotternd an zu laufen. Es muß ein Engel im Vergaser gesessen haben.

Woran ich mich jetzt erinnere, so viele Jahre später, ist die Erleichterung, als das Boot den Flußpferden auswich. Keiner von uns hat später über dieses Ereignis gesprochen. Soweit ich mich erinnere, angelten wir einfach weiter.

29.

Aber natürlich gab es auch eine Gelegenheit, bei der ich mich wegen HIV testen ließ. Es war Mitte der achtziger Jahre, als die Unsicherheit noch weit verbreitet war. Gab es nicht, trotz aller Versicherungen, wie das Virus übertragen wurde, doch die Möglichkeit, sich auf andere Art anzustecken? Niemand konnte es mit absoluter Sicherheit wissen, es herrschten geteilte Meinungen darüber, inwieweit Küsse ansteckend waren oder nicht. Es gab kurz gesagt eine Grauzone um die Behauptung herum, das HIV-Virus sei ein schwaches Virus, das bei Zimmertemperatur nur 20 Minuten überleben konnte, und es sei gar nicht so leicht, sich anzustecken, man könne sich durch einfache Vorsichtsmaßnahmen davor schützen.

Ich ließ mich im Krankenhaus von Ystad testen. Der Arzt fragte warum, und ich sagte, ich hätte keinen Grund zu der Annahme, daß ich infiziert sei, aber ich täte es »sicherheitshalber«. Er hatte nichts dagegen einzuwenden. Ich dachte, daß er sich bestimmt selbst hatte testen lassen. »Sicherheitshalber«.

Hinterher, nachdem ich meine Blutprobe abgeliefert hatte und sie mit einem Code versehen worden war, auf dem Heimweg im Auto, packte mich plötzlich die Angst. Ich war so aufgewühlt, daß ich von der Straße abbiegen und anhalten mußte. Es war ein regnerischer Tag im Herbst.

Ich stieg aus dem Auto und wußte plötzlich mit Sicherheit, daß meine Blutprobe ergeben würde, daß ich infiziert war. Keiner, am wenigsten ich selbst, würde je erklären können, wie es zugegangen war. Vielleicht würde ich der Beweis dafür sein, daß die relative Sicherheit der medizinischen Wissenschaft über die Wege der Ansteckung tatsächlich von einem großen Dunkel umgeben war.

Die drei folgenden Tage glichen einem Alptraum. Die Vernunft sagte mir, daß es keinen Grund zur Beunruhigung gab. Aber jedesmal, wenn das Telefon klingelte, schrak ich zusammen, ich wurde jede Nacht wach und starrte in die Dunkelheit hinaus.

Die Arzthelferin rief am dritten Tag an. Ich fing an zu frieren, als sie sagte, wer sie war. Aber ich wurde natürlich nicht wieder zum Arzt bestellt. Sie sagte, ziemlich desinteressiert, der Befund sei negativ gewesen. Ich bedankte mich für den Bescheid, ganz ruhig, unbeschwert, und legte den Hörer auf.

Dann ging ich hinaus in den Regen und fiel im Lehm auf die Knie. So blieb ich lange knien, bevor ich wieder hineinging. Es war eine manisch gesteigerte Erleichterung. Keine Freude, sondern Erleichterung. Ich kann mich immer noch an den Lehm erinnern, der an den Hosenbeinen kleben geblieben war.

Natürlich war meine Angst grundlos. Wie muß es dann erst für die sein, die sich in dem Wissen testen lassen, daß für ihn oder sie das Risiko besteht, tatsächlich angesteckt worden zu sein?

30.

Moses war der einzige Mann, mit dem ich mich auf meiner Reise nach Uganda richtig ernsthaft unterhielt. Beatrice, die mit den HIV-Infizierten arbeitete, sagte, die Männer schrieben nicht besonders viele Erinnerungsbücher. Sie seien auch nicht sehr gesprächsbereit, während die Frauen immer offen dafür seien, über ihr Leben zu reden. Aber es gab Ausnahmen, und Moses war nur einer von vielen, auch wenn er aus verschiedenen Gründen der einzige war, mit dem ich schließlich ins Gespräch kam.

Als ich das letzte Mal mit ihm sprach, machte ich ein paar Fotos mit einer Polaroidkamera, die ich dabei hatte. Moses und ich sitzen auf Holzschemeln im Schatten eines Baumes. Er behielt das eine Bild, ich das andere. Wenn ich es jetzt betrachte und mich frage, wie es ihm geht, ob er noch lebt, ob er Schmerzen hat, dann denke ich, daß ich mich genau so an ihn erinnere. Ein Gesicht, das große Würde ausstrahlt. Ein Mann, der akzeptiert hat, daß das Leben plötzlich erschüttert werden kann, und alles sich ändert.

Moses wohnte nicht weit von Christine entfernt. Er hatte eine große Familie, mehrere seiner Kinder hatten eigene Familien und einige wohnten im selben Haus wie er. Er saß im Schatten und zeigte auf alle seine Enkelkinder, nannte ihre Namen und ihr Alter, und charakterisierte lustigerweise auch ihre »Lebenslust« auf verschiedene Weise. Er benutzte genau dieses Wort »Lebenslust«. Eine Enkelin, ein Mädchen von fünf Jahren, genoß es, einen selbstgebastelten Fußball herumzukicken. Ein Junge, ungefähr zehn Jahre alt, konnte alle Bäume besiegen, die ihm zufällig im

Weg standen. Er konnte beliebig hoch und schnell klettern. So charakterisierte er seine vielen Enkel, und mitunter lachte er auf. Aber meistens war er wehmütig.

Er hatte etwa fünfzehn Erinnerungsbücher geschrieben, eins für jedes Kind und sogar ein paar für die ältesten Enkel. Wie er sich angesteckt hatte, erzählte er nicht. Aber seine beiden Frauen waren tot, bestimmt hatte er sie angesteckt, und sie waren vor ihm gestorben. Ich dachte mehrmals, daß ich ihn danach fragen sollte. Aber ich konnte mein Zögern nicht überwinden. Jetzt ist es zu spät.

Ich fragte ihn nach den Erinnerungsbüchern:

– Ich habe davon gehört. Durch Beatrice. Zuerst dachte ich, das sei nichts für mich. Aber es ging mir nicht aus dem Sinn. Eines Tages suchte ich das Zentrum auf, an das sich diejenigen wenden können, die diese Krankheit haben, um dort Rat und Hilfe zu bekommen. Ich sprach mit einem anderen Mann, der auch krank war. Er zeigte mir ein Erinnerungsbuch, das er für eine seiner Töchter geschrieben hatte. Da dachte ich, das könnte ich auch machen. Obwohl ich schlecht schreibe. Ich kann erzählen, und dann schreibt eins von meinen Enkelkindern auf, was ich sage. Sie können alle lesen und schreiben. Also machte ich es.

Wir blätterten eins der Erinnerungsbücher durch, die er verfaßt hatte. Der ganze Text war in einer runden, kindlichen Schrift geschrieben. Alles, bis auf seine eigene Unterschrift und ein paar Worte darüber, »immer ehrenhaft zu leben und hart zu arbeiten«.

Er merkte, daß mir aufgefallen war, daß der Text von verschiedenen Personen geschrieben worden war.

– Ich dachte mir, auch die Handschrift stellt eine Erinnerung an einen Menschen dar. Meine Schrift ist schlecht, die

Buchstaben sind verwackelt und ungleichmäßig, aber es ist meine Handschrift. Wenn ich fort bin, können die Enkel sich erinnern, daß ihr Großvater auf diese Weise geschrieben hat.

Dann fing er plötzlich an, davon zu reden, wie die schwere Krankheit, die sich jetzt in seinem Körper befand, eines Nachts angeschlichen gekommen war.

– Sie kam nachts. Krankheiten kommen nie, wenn die Sonne scheint. Krankheiten, besonders wenn sie schwer oder tödlich sind oder die Menschen blind machten und verunstalteten, kommen immer nachts angeschlichen.

Ich fragte ihn, wie er das meine.

– In der Dämmerung fangen die Mücken an zu sirren. Sie saugen das Blut in der Zeit vom Sonnenuntergang bis zur Morgendämmerung. Die Mücken bringen die Krankheit mit, die Malaria. In der Dunkelheit bewegen sich auch Schlangen und Raubtiere. Auch wenn es in diesem Gebiet seit zehn, vielleicht fünfzehn Jahre keine Löwen oder Leoparden mehr gibt, denken wir trotzdem, daß die Krankheiten nachts kommen.

– Aber man kann es doch kaum als Krankheit bezeichnen, wenn man von einem Leoparden in den Hals gebissen wird?

– Alles, was tötet, sei es sichtbar oder unsichtbar, nenne ich eine Krankheit. Ich weiß, daß ihr Europäer der Meinung seid, daß es so etwas wie einen »natürlichen Tod« gibt. Für uns Afrikaner ist das eine sonderbare Art, mit dem umzugehen, was in der Dunkelheit geschieht.

Er schien plötzlich nicht mehr daran interessiert zu sein, über seine Ansicht zu diskutieren, daß die Nacht dem Tod und den Krankheiten gehörte. Statt dessen fing er an, darüber zu reden, wann ihm zum erstenmal aufgegangen war, daß es eine Krankheit gab, die neu und gefährlich und unsichtbar war.

Gerade als er anfing zu erzählen, gab es einen heftigen Wolkenbruch. Wir gingen hinein und setzten uns in den Teil des großen Hauses, den er allein bewohnte. Eine seiner Töchter, sie hieß Laurentina, war sehr dick, aber sie bewegte sich trotz ihrer Körperfülle geschmeidig und schnell. Als wir hereinkamen, verschwand sie hinter einem Vorhang, der aus zerschnittenen alten Röcken zusammengenäht war. Im Zimmer war es schummerig. Moses setzte sich auf einen eingesunkenen Sessel, von dem aus er auf den Hof sehen und alles kontrollieren konnte, was dort geschah, während er erzählte.

Er sagte:

– Ich war noch sehr jung. Es war 1974, in dem Jahr bevor Amin hier im Lande seine Schreckensherrschaft antrat. Mein Vater fuhr oft nach Kampala, um billige Kleidung mit Fabrikationsfehlern zu kaufen, die er dann ausbesserte und mit dem Fahrrad in den Dörfern hier in der Gegend verkaufte. Eines Tages kam er zurück und erzählte, daß einer der jungen Männer, mit denen er in der Stadt immer Geschäfte machte, sehr schwer erkrankt war. Mein Vater sagte, sein Geschäftsfreund sei innerhalb kurzer Zeit sehr stark abgemagert. Er habe den Appetit verloren, die Drüsen in den Achselhöhlen seien geschwollen und schmerzten, und jetzt seien auch Wunden an seinem Körper aufgetreten. Er sei zu einem Arzt gegangen, der ihm weder erklären konnte, woran er litt, noch ein Heilmittel für ihn hatte. Mein Vater war sich seiner Sache sicher. Er hatte einen scharfen Blick, ein gutes Gedächtnis, und oft wußte er Dinge mit Gewißheit, ehe andere auch nur ahnten, daß etwas passiert war. Genau das sagte er: »Es ist etwas passiert.« Sein Geschäftsfreund, Lukas hieß er, litt an einer Krankheit, die nach Ansicht meines Vaters ganz neu sei. »Sie ist nachts gekommen«, sagte mein Vater. Lukas starb, auch seine beiden Frauen erkrankten und hatten die gleichen sonderbaren Wunden und verstarben kurz nacheinander. Jedesmal, wenn mein Vater aus Kampala zurückkam, wußte er von neuen Menschen zu berichten, die von der Krankheit betroffen waren. Es waren allmählich so viele Krankheitsfälle geworden, daß die Leute darüber zu spekulieren anfingen, warum manche von ihnen plötzlich so erschöpft waren und abmagerten, um dann zu sterben. Aber keiner wußte, was es war.

Ich glaube, es dauerte bis in die achtziger Jahre, jedenfalls war Amin nicht mehr da, als die Krankheit einen Namen bekam und man verstand, auf welche Art sie übertragen wurde. Da war ich nicht mehr so jung. Mein Vater, der sehr alt wurde, war keineswegs erstaunt, als ihm klar wurde, daß er schließlich doch recht behalten hatte. Das, woran sein Freund Lukas gestorben war, war eine neue Krankheit, die sich in der Nacht angeschlichen hatte. Er hatte gesehen, was kein anderer gesehen hatte.

Moses verstummte. Dann rief er seiner Tochter etwas zu. Sie brachte eine Flasche Wasser und zwei Gläser. Moses schenkte ein und sagte, das Wasser sei abgekocht.

– Es ist eine furchtbare Seuche, fuhr er nach einer Weile fort. Nachts, wenn Männer und Frauen sich nahe sind, wandert die Krankheit von Mensch zu Mensch. Es hat schon früher Krankheiten gegeben, die auf die gleiche Weise übertragen wurden. Aber keine war so gefährlich, so schmerzhaft. Ich habe gesehen, wie die Menschen leiden, ehe sie sterben. Ich habe Menschen in Häusern, die weit von hier entfernt liegen, vor Schmerzen schreien hören, ehe sie verstummt und in das andere Dunkel hinein verschwunden sind, das nicht vergeht, wenn die Sonne wiederkehrt. Das Land des Todes ist ein Land ohne Sonne, so ist es, und wir alle fürchten uns davor, dorthin getrieben zu werden, bevor wir so lange gelebt haben, daß es uns nichts mehr ausmacht. Jetzt, wo ich selbst die Krankheit habe und jeden Tag nach neuen Zeichen dafür suche, daß ich langsam von dem besiegt werde, was in mir ist, denke ich an damals, als mein Vater heimkehrte und besorgt von seinem Freund Lukas erzählte.

Moses verstummte und schaute lange auf seine Hände. – Ich wollte diese Erinnerungsbücher bis zuletzt nicht schreiben. Es schien mir, als würde ich alle Hoffnung aufgeben, trotz allem nicht an dieser Krankheit sterben zu müssen, sobald ich auch nur den Stift ergreifen und anfangen würde, den Enkeln, die es für mich aufschreiben sollten, von meinem Leben zu erzählen. Ich habe natürlich keine Hoffnung, alle, die betroffen sind, sterben früher oder später. Aber zuinnerst gibt es doch eine andere Art von Hoffnung, über die man selbst keine Gewalt hat. Es ist, als gäbe es in meinem Körper ein unbekanntes Wesen, das für mich hofft. Ich weiß nicht, wie ich es besser ausdrücken soll. Aber wenn ich mich erst einmal auf diese Bücher einließ, so schien es mir, akzeptierte ich damit zugleich, daß ich bald sterben müßte. In der Nacht, bevor ich anfing, die Erinnerungsschriften vorzubereiten, träumte ich von meinem Vater. Er kam die Straße aus der Stadt entlanggegangen, wie ich es aus der Kindheit in Erinnerung hatte. Damals ging er immer schnell und trug den Kleiderballen auf dem Kopf. Jetzt war er alt und hatte nichts auf dem Kopf. Aber das Schlimmste war, daß er nicht stehenblieb. Er bog nicht hierher ab. Er ging einfach weiter die Straße entlang, bis er verschwand. Als ich am Morgen aufwachte und mich an den Traum erinnerte, war es, als hätte er mir gesagt, ich solle mein Schicksal akzeptieren. An diesem Tag begann ich, die Bücher vorzubereiten.

Moses verstummte, fast abrupt, als hätte er mir allzu viel anvertraut. Dann sagte er nur freundlich, er sei müde, er brauche Ruhe.

Wir verabschiedeten uns voneinander, und ich fuhr davon. In diesem Moment wußte ich nicht, ob ich ihn je wiedersehen würde.

31.

Es gibt viele Leute, die komische Geschichten über das Aids-Elend auf dem afrikanischen Kontinent verbreiten. Es gibt sogar welche, die anhand verschiedener Anekdoten zu zeigen versuchen, das große Problem sei die Unfähigkeit der Afrikaner, Informationen aufzunehmen. Daß der Analphabetismus der wirkliche Feind ist, das übersehen viele. Statt dessen versuchen diese unangenehmen Anekdotenerzähler, das Bild von einer eigentümlichen Trägheit der Afrikaner zu beschwören, was die Aufnahme von Information betrifft. Die Anekdoten und ihre Schlußfolgerungen sind geradezu rassistisch. In der Konsequenz: daß sich so viele Menschen in Afrika mit HIV anstecken, daran sind die Afrikaner selber schuld. Sie müßten es doch wohl besser wissen, als außereheliche Verhältnisse zu haben oder allgemein einer polygamen Lebensführung zu frönen. Wenn sie sich anstecken, ist daran kaum etwas zu ändern. Dann müssen sie eben sterben.

Das wird natürlich nicht geradeheraus gesagt. Aber freilich habe ich die Geschichte von der europäischen Krankenschwester gehört, die hinausfuhr und in einem abgelegenen afrikanischen Dorf über HIV sprach. Ein skandinavischer Entwicklungshelfer hat sie mir erzählt. Die Krankenschwester sprach dort über Kondome. Um zu zeigen, wie sie funktionieren, streckte sie zwei Finger in die Luft und streifte ein Kondom darüber. Woraufhin die Männer des Dorfs, dem anekdotenerzählenden nordischen Entwicklungshelfer zufolge, nach Hause gingen und ein Kondom über ihre Finger streiften, bevor sie ihre Frauen bestiegen.

So kann man sich auf Kosten unbekannter afrikanischer Menschen lustig machen, auf rassistische Weise lustig machen. Aber natürlich ist es nicht Dummheit, die dazu führt, daß Menschen ein Kondom über die Finger streifen. Dahinter steht vielmehr die Tradition und das Erbe, das die Europäer dem afrikanischen Kontinent aufgezwungen haben. Dahinter steht die eine goldene Regel, die in den vier Jahrhunderten des Kolonialismus vorherrschend war. Europa sagte: denkt nicht, macht einfach!

Möglicherweise ist davon noch einiges übriggeblieben. Aber das ist weder Dummheit noch Feigheit. Es ist der europäische Druck, der sich fortsetzt. Zu vermitteln, wie man sich schützt, ist zudem sehr heikel. In vielen afrikanischen Ländern spricht man nicht mit Fremden über das, was das Zusammenleben betrifft. Da kann man nicht einfach mir nichts, dir nichts aufkreuzen, die Dorfbewohner zusammenrufen, mit den Fingern drohen und Kondome überstreifen. Nur weil man Analphabet ist, fehlt es einem nicht an Würde.

Ich habe unendlich viele arme und unwissende Menschen mit einer Würde getroffen, die weit über jene hinausgeht, die mir in der westlichen Welt je begegnet ist. Das ist keine böswillige oder ungerechte Bemerkung. Menschliche Würde geht nicht Hand in Hand mit materiellem Wohlstand oder einem hohen Bildungsniveau. Menschliche Würde ist eine Gegenbewegung bei armen Menschen, die erkannt haben, warum sie in bedrückender Armut leben müssen.

Über die Wege der Ansteckung zu informieren ist natürlich von entscheidender Bedeutung. Aber die Art der Information muß sich nach denen richten, die informiert werden sollen. Das Ganze muß außerdem mit Würde geschehen. Also muß derjenige, der diese Information überbringt, in erster Linie *zuhören* lernen und nicht mit den Antworten und Verhaltensregeln ankommen, die verschiedene westliche Experten und Bürokraten als die richtigen festgelegt haben.

Aufgrund fehlerhafter, oft geradezu arroganter Methoden, das Wissen darüber zu vermitteln, wie das HIV-Virus übertragen wird, sterben heute Tausende von Menschen an Aids. Ohne Zweifel wäre es ein grundlegender und entscheidender Schritt, die Ansteckungsfrequenz bei jungen und etwas älteren Menschen zu verringern, wenn man dafür sorgte, daß alle Zugang zu einer ABC-Fibel erhalten. Als ein Beispiel.

Alle Statistiken vom afrikanischen Kontinent sprechen dieselbe Sprache. Diejenigen, die lesen und schreiben können, sind am besten vor der Ansteckung geschützt.

32.

Eine Frage stellte ich allen, mit denen ich in Uganda sprach. Eine Frage, die ich zuvor auch den Menschen in Mosambik gestellt hatte, Menschen, die an Aids erkrankt waren, oder Menschen, die sich gerade angesteckt und erfahren hatten, daß sie Träger des HIV-Virus waren.

Ich fragte sie, woher die Krankheit ihrer Meinung nach gekommen sei.

Die Antworten fielen verschieden aus. Verblüffend viele meinten, es könne sich durchaus um eine Krankheit handeln, die die westliche Welt heimlich auf dem afrikanischen Kontinent verbreite, um die Anzahl der Armen zu verringern. Das Virus wäre dann also ein verfeinertes Instrument, um Massenmord zu begehen. Die unsichtbare Gaskammer der neuen Zeit, ein mikroskopisches Virus, das die Menschen auf »natürliche« Weise ins Grab brachte. Diejenigen, die meinten, daß dies der Grund für die HIV-Epidemie sei, antworteten oft mit großer Schärfe. Sie waren überzeugt davon, daß der Tod, der über sie hereinbrach, bewußt geplant worden war. Die gesamte westliche Welt bestand für sie aus einer großen Anzahl von Hexen oder Medizinmännern, die einen Völkermord begingen.

Es gab auch diejenigen, die eine religiöse Dimension in dem Schicksal sahen, das ihnen widerfahren war. Erschöpfte Götter, die mit resignierten Gesten Tod und Vernichtung über einem Afrika ausstreuten, das bereits auf seinen Untergang zu warten schien. Hungerkatastrophen, Bürgerkriege, wachsende Wüsten, Malariaparasiten und Diarrhöen. Und jetzt Aids. Bei diesen Menschen war eine Selbstverachtung zu beobachten, die ihre Qual noch verdoppelte.

Oft lebten sie nur noch kurze Zeit. Ihr Immunsystem hielt dem doppelten Druck der Zerstörung durch das Virus und des psychischen Zusammenbruchs nicht stand.

Es war, als benutzten diese Menschen das Virus als eine Methode, um Selbstmord zu begehen.

Die meisten wußten nicht mehr, als was die Ärzte ihnen sagten. Ein Virus – was immer das sein mochte. Etwas, das vom Liebesakt, von Bluttransfusionen oder vom Benutzen verschmutzter Spritzen kam.

Worin sich alle einig schienen, war, daß der Schmerz gerade den afrikanischen Kontinent extrem hart getroffen hatte.

Christine sagte:

– Es ist, als wäre es nie genug. Ich lese über diesen Kontinent. Es ist, als ob wir Afrikaner ausschließlich damit beschäftigt wären zu sterben, nicht zu leben. Aber so ist es ja nicht. Auch wenn all diese Krankheiten uns so hart treffen.

Natürlich waren auch viele der Meinung, die westliche Welt habe auf sonderbare Weise mit den verschiedenen Göttern konspiriert. Die untere und die obere Welt hätten sich zusammengetan, um die afrikanischen Menschen mit Hilfe dieses Virus zu vernichten.

Christine wieder:

– Ich habe gehört, daß es Leute gibt, die meinen, diese Krankheit habe es ursprünglich bei den Tieren gegeben, vor allem bei den Affen, und wir hätten sie uns zugezogen, als wir Affenfleisch gegessen haben. Aber kann es nicht ebensogut sein, daß wir selbst die Krankheit hervorgebracht haben? Vielleicht war sie schon immer unter uns, auch wenn sie erst jetzt einen Namen bekommen hat.

Was meinte Moses? Er zuckte die Schultern.
– Ist das wichtig? Ich kann darauf nicht antworten, niemand kann darauf antworten. Warum soll ich meine Zeit, die bereits bemessen und kurz ist, mit Grübeleien darüber verbringen? Der Tod ist da, wo das Leben ist. Der Tod hüllt sich mal in sichtbare Gewänder, mal macht er sich unsichtbar.

Ich sprach mit allen, auch mit Gladys und Beatrice. Die Antworten variierten, blieben aber immer vage.

33.

Schließlich sprach ich auch mit Aida. Wir befanden uns zwischen den Bananenbäumen, aber nicht, um nach ihrer Mangopflanze zu sehen, sondern um eins der kleinen schwarzen Schweine zu suchen, das ausgerissen war. Aida entdeckte es und stürzte sich darauf, bevor das Schwein ihr entwischen konnte. Danach wusch Aida sich die Hände.

Sie war es, die die Frage stellte:
– Woher kommt die Krankheit, die Mama jetzt bekommen hat?
– Ich weiß es nicht. Die Menschen denken verschieden darüber. Aber es ist ein Virus, ein Mikroorganismus.
– Warum werden die Leute nur hier krank?
– So ist es nicht. Auch in dem Land, aus dem ich komme, stecken sich Menschen auf die gleiche Weise an.

Aida überlegte.
– Wo hat es angefangen? Bei dir oder hier bei uns?
– Vermutlich hier. Aber ganz sicher weiß das niemand.

Aida wirkte niedergeschlagen. Wir gingen zurück zu den

Häusern und dem Hof, auf dem ein Hahn mit verletztem Bein herumhinkte.

– Ich glaube, die Krankheit kommt von jemandem, der uns Böses will, sagte Aida plötzlich.

– Wer sollte das sein?

– Ich weiß nicht.

– Krankheiten kommen nicht von »jemandem«. Krankheiten gibt es immer. Sie entwickeln und verändern sich. Plötzlich fangen Menschen an zu sterben. So ist es schon immer gewesen.

Aida sagte nichts mehr. Als wir zu der Bastmatte hinübergingen, auf der Christine saß und eine Wunde am Fuß von Aidas jüngster Schwester säuberte, trat sie nach dem hinkenden Hahn, der mit einem wütenden Gackern davonflatterte.

Der Hahn war für Aida greifbar. Im Gegensatz zu diesem »jemand«, von dem sie glaubte, daß er ihrer Mutter mit der Krankheit schaden wolle.

Doch ich kann natürlich nicht mit Sicherheit wissen, was Aida glaubte oder nicht glaubte.

34.

Es gibt viele falsche Vorstellungen über Aids. Besonders darüber, wie es ist, wenn die Krankheit die entscheidenden Stadien erreicht hat, die zum Tode führen. Das, was man »full-blown« oder »voll entwickeltes« Aids nennt. Eine dieser irrigen Annahmen ist, die eigentliche Grausamkeit dieser Krankheit bestehe darin, daß sie unterschiedslos zuschlägt und oft sehr junge Menschen befällt. Das, was bei den Menschen Angst hervorruft, ist die psychische Qual, die aus dem Wissen resultiert, daß man vorzeitig an einer Krankheit sterben wird, die man hätte vermeiden können. Der physische Verlauf der Krankheit ist, daß man von starkem Gewichtsverlust betroffen wird, daß man müde wird, vielleicht verschiedene Wunden bekommt, und daß man dann beispielsweise an einer Lungenentzündung stirbt, wenn das Immunsystem endgültig zusammengebrochen ist. Selten ist die Rede davon, daß Aids zu einem geistigen Verfall führen kann, der ein Leiden bedeutet, das fast alles übertrifft, was es sonst an Krankheiten gibt.

Die Menschen, mit denen ich in Uganda gesprochen habe, schienen sich dessen jedoch bewußt zu sein. Sie versteckten sich nicht hinter falschen Vorstellungen, auch wenn die Illusion ein flüchtiger Trost hätte sein können. Es schien mir, als ob Moses, Christine, Gladys und all die anderen dem aufrecht entgegensahen, was sie erwartete. Es war ein Duell, das sie schon im voraus verloren hatten. Wieder war es die Würde, die mir stets an ihnen auffiel und an die ich jetzt vor allem denke, während ich dies schreibe. Die Würde, die für alle, die von der Krankheit befallen waren, so wichtig war.

Christine erzählte ich bei einer Gelegenheit eine Geschichte. Sie handelte von etwas, das ich einmal Anfang der neunziger Jahre im nördlichen Mosambik erlebt hatte. Ein paar Tage später, als ich wieder in ihr Haus kam, bat sie mich, die Geschichte noch einmal zu erzählen. Und diesmal war Aida dabei.

Es war eine Geschichte über die Würde:

Während des langen und schweren Bürgerkriegs, unter dem Mosambik vom Anfang der achtziger Jahre bis 1994 litt, unternahm ich eine Reise in die Cabo-Delgado-Pro-

vinz im Norden. Eines Tages im November 1991 befand ich mich unmittelbar südlich der Grenze zu Tansania. Das Gebiet war vom Bürgerkrieg schwer heimgesucht, viele waren getötet oder verstümmelt worden oder beides, der Hunger war weit verbreitet, da die Ernte verbrannt wurde. Es war, als befände man sich in einem Inferno, in dem das Elend entlang der staubigen Straßen qualmte. Eines Tages folgte ich einem Pfad zu einem kleinen Dorf. Da kam mir ein junger Mann entgegen. Es schien, als sei er direkt aus der Sonne herausgetreten. Seine Kleider waren zerfetzt. Er war vielleicht neunzehn oder zwanzig Jahre alt. Als er näher kam, sah ich seine Füße. Ich sah etwas, das ich nie vergessen werde, solange ich lebe. Ich sehe es in diesem Moment vor mir, während ich davon erzähle. Es vergeht kaum ein Tag, an dem ich mich nicht an diesen Jungen erinnere, der mir direkt aus der Sonne entgegen kam. Was sah ich da? Seine Füße. Er hatte Schuhe auf seine Füße gemalt. Mit Hilfe von Erdfarben hatte er bis zuletzt seine Würde bewahrt. Schuhe hatte er keine, keine Stiefel, nichts, nicht einmal ein Paar aus den Resten eines Autoreifens gefertigte Sandalen. Wenn es keine Schuhe gab, mußte er sie eben selber herstellen. Also malte er sich Schuhe auf die Füße und durch dieses Malen stärkte er sein Bewußtsein dafür, daß er trotz allen Elends ein Mensch mit intakter Würde war. Damals und auch später dachte ich, daß von vielen wichtigen Begegnungen mit unbekannten Menschen in meinem Leben vielleicht gerade diese die wichtigste war. Denn mit seinen Füßen erzählte er mir, daß die menschliche Würde gewahrt und geschützt werden kann, selbst wenn alles verloren scheint. Er erzählte damit, daß uns allen bewußt sein muß, daß irgendwann ein Tag kom-

men kann, an dem auch wir Schuhe auf unsere Füße malen müssen. Und dann ist es wichtig für uns, daß wir uns darüber im klaren sind, daß wir diese Fähigkeit tatsächlich besitzen. Ich weiß nicht, wie er hieß. Er konnte kein Portugiesisch, und ich verstand die Sprache nicht, die er gebrauchte. Ich habe mich oft gefragt, was aus ihm geworden ist. Aller Wahrscheinlichkeit nach ist er tot. Aber ich kann es nicht wissen. Und das Bild seiner Füße begleitet mich überallhin.

Es ist, als ob man ein Märchen erzählt, dachte ich. Aber Christine wußte, daß es eine wahre Geschichte war. Sie schaute Aida an.

– Verstehst du, wovon er spricht? fragte sie.

Aida nickte. Aber sie sagte nichts. Und Christine verlangte ihr auch keine Antwort ab, als kluge Mutter, die sie war.

35.

Einmal habe ich es gesehen. Das Gesicht einer Person, kurz nachdem sie Bescheid bekommen hat, daß sie infiziert ist. Aber ich habe es nicht nur ihrem Gesicht angesehen. Der Schmerz und der Schock steckten in ihrem ganzen Körper. Die Füße schrien, die Arme kämpften verzweifelt, um nicht verrückt zu werden, obwohl sie ihr an den Seiten herabhingen.

Die Frau war bestimmt nicht älter als neunzehn oder zwanzig. Es war in Maputo, in einer Privatklinik der einfacheren Sorte. Ich war dort, um meinen Blutdruck messen zu lassen. Ich wartete vor der geschlossenen Tür des Sprechzimmers. Dann ging sie auf, und die Frau kam heraus. Ich wußte sofort, ohne es doch wissen zu können: Diese junge afrikanische Frau hat soeben erfahren, daß sie mit HIV infiziert ist. Ihr, die gerade auf dem Weg ist, ihr Leben zu beginnen, ist die Zeit brutal beschnitten worden. Ihr Leben geht dem Ende entgegen, noch ehe es richtig angefangen hat.

Sie verschwand durch den Korridor hinaus. Als man mir den Blutdruck maß, war er sehr hoch. Der Arzt runzelte die Stirn. Aber ich sagte, es sei nur vorübergehend. Kurz bevor ich sein Sprechzimmer betrat, sei etwas passiert, das meinen Blutdruck in die Höhe getrieben habe. Jetzt sinke er schon wieder ab.

Gewisse Menschen bewahre ich ganz nah, sehr leicht zugänglich in meinem Gedächtnis. Aida ist eine davon, die namenlose Frau eine andere. Ich möchte wissen, was aus ihr geworden ist, ob sie noch lebt.

36.

Einst gab es die berühmte Bibliothek von Alexandria. Dort war all das menschliche Wissen, das niedergeschrieben war, in den Regalen versammelt. Dann wurde sie niedergebrannt. Jetzt, ein paar Monate vor meiner Reise nach Uganda, besuche ich die neueröffnete Bibliothek von Alexandria. Es ist eine architektonisch bemerkenswerte Schöpfung. Eher als kulturelles Zentrum denn als reine Bibliothek. An dem Tag, an dem ich dort zu Besuch bin, probt ein österreichisches Sinfonieorchester in einem der Konzertsäle.

Als ich in Uganda bin, denke ich plötzlich, wenn man all die Memory Books, die jetzt geschrieben werden, sammeln könnte, dann würden sie die ganze Bibliothek von Alexandria füllen. So zahlreich sind die Erinnerungen, die aufgezeichnet werden wollen, so viele Millionen Schriften werden von denen bleiben, die gerade jetzt oder in naher Zukunft an Aids sterben werden. Die allermeisten dieser Millionen Menschen sterben vorzeitig. Ihnen werden große Teile ihres Lebens abgeschnitten. Ihre Kinder, die diese Schriften bekommen sollen, die der Grund dafür sind, daß sie überhaupt geschrieben werden, werden in vielen Fällen in die Heimatlosigkeit hinausgetrieben. Herrenlose Horden von elternlosen Kindern werden über die Kontinente dahintreiben.

Plötzlich sehe ich vor mir: leere, verlassene Bibliotheken. Die großen Büchersammlungen bleiben ohne Leser.

Ganz undenkbar ist das nicht. Es ist möglich, denkbare Handlungsmuster zu entwerfen, so als wären sie für ein Science-fiction-Drehbuch gedacht. Es gibt bereits seriöse Wissenschaftler, die meinen, daß gewisse Länder oder Regionen südlich der Sahara kollabieren werden, wenn die Verbreitung von Aids sich so fortsetzt wie bisher. Sie sind glaubwürdig. Die grundlegenden Strukturen der Gesellschaft werden zusammenbrechen, es wird eine Rückkehr zum primitiven Tauschhandel geben, bei dem Geld keine Rolle mehr spielt, nur Ware gegen Ware oder Ware gegen Dienstleistung. Und diese primitiven Gesellschaftsformen werden sich auf Kinderarbeit gründen, da alle anderen, außer den Ältesten und Gebrechlichen, fort sind. Hinzu kommt, daß das gesamte intellektuelle Erbe auszusterben droht, da infizierte Jugendliche sich kaum zum Studium werden motivieren lassen.

Verödete Länder, Kinderarbeit, Schweigen. Es gibt viele Leute, die sich weigern zu glauben, daß dies eine mögliche gesellschaftliche Entwicklung sein kann. Jedenfalls ist es etwas, das weit, weit entfernt liegt und uns nichts angeht. Aber man braucht nur etwa neun Stunden, um aus dem Herzen Europas ins Herz Afrikas zu fliegen. Das ist eine gute durchgeschlafene Nacht oder ein etwas verlängerter Arbeitstag. Dann ist man mitten in dem, was zur Zeit dabei ist, sich in ein verlassenes Land zu verwandeln, in eine Rückkehr zu den primitivsten Arbeits- und Eigentumsverhältnissen.

Es gibt bereits einige, die dies in ihren Erinnerungsschriften kommentieren. Menschen, die sterben werden, aber trotzdem versuchen, nach vorn zu schauen. Sie erkennen die Konsequenzen ihres eigenen Todes, vergrößert und in riesenhaftem Ausmaß. Denn wenn etwas sicher ist, was Aids auf dem afrikanischen Kontinent betrifft, dann dies, daß du nicht allein stirbst und daß dein Tod sehr weitreichende Konsequenzen haben wird.

In mehreren der Erinnerungsbücher lese ich darüber. Die Angst vor der Verarmung, die Angst davor, daß die Kinder allein bleiben werden, die Angst davor, daß alles Wissen vergessen werden wird, vergehen wird wie der Körper des Toten.

Bei Aids handelt es sich um so viele verschiedene Todesarten. Somit auch um so viele Arten des Lebens. Gewiß kann das Leben anhand der Anzahl von Büchern, die geschrieben werden, und Büchern, die gelesen werden, gemessen und gedeutet werden.

Im Jahr 1343 entdeckte Petrarca in Verona eine umfangreiche Handschrift, die Ciceros Briefe an seinen Sohn Atticus enthielt, der viele Jahre lang ein fauler und recht desinteressierter Student in Athen gewesen war. Diese Briefe waren seit Ciceros Zeiten verschollen, seit dem Beginn unserer Zeitrechnung. 1300 Jahren später tauchten sie plötzlich wieder auf.

Wird es allen Erinnerungsbüchern, die heute geschrieben werden, so ergehen? Es ist kaum anzunehmen, daß es in unserer Zeit möglich sein sollte, geschriebene Worte in Archiven zu begraben, so wie man Atommüll in tief in die Berge gebohrten Löchern begräbt. Aber man kann nie wissen.

Einst gab es die große Bibliothek in Alexandria. Dort war das menschliche Wissenserbe versammelt, bis die Bibliothek niederbrannte. Jetzt ist sie wieder aufgebaut.

Vielleicht sollte diese Bibliothek ein Zentrum für alle Erinnerungsbücher werden, die heute geschrieben werden? Vielleicht sollten dort wenigsten Kopien davon für die Zukunft aufbewahrt werden?

37.

In dem Tagebuch, das ich während der Reise nach Uganda führte, ist ein einzelner Satz auf die Innenseite des hinteren Umschlagdeckels gekritzelt.

Der Schmerz ist in ihrem Lächeln zu sehen.

Ich kann mich nicht erinnern, merkwürdigerweise, wie ich zugeben muß, wann ich das geschrieben habe. Wen hatte ich getroffen? Auf wessen Lächeln, oder eher, auf das Lächeln welcher Menschen bezog ich mich? Es kommt mir merkwürdig vor, daß ich mich nicht daran erinnern kann. Eine solche Notiz mache ich mir kaum ohne einen guten Grund.

Vergeblich durchforsche ich mein Gedächtnis.

Wie kann ich mich an ein Lächeln erinnern, ohne mich an das Gesicht zu erinnern?

38.

Erst bei meinem letzten Besuch bei Gladys wird mir klar, daß es zwischen ihr und Christine eine Verbindung gibt, von der ich nichts wußte. Bei meinem ersten Besuch sagte Gladys, nachdem sie von ihrer Krankheit erfahren habe, habe sie mehrere Jahre einfach nur dagesessen, ohne etwas zu tun, und nur auf den Tod gewartet. Bei dieser Gelegenheit versäumte ich es, die Frage zu stellen, die eigentlich selbstverständlich gewesen wäre. Was hat dich dann dazu gebracht, diese Apathie zu durchbrechen?

Es war Christine, die ihr resigniertes Warten auf den Tod durchbrochen hatte.

Gladys und Christine kannten einander nur flüchtig. Aber Christine hatte gehört, daß Gladys wie eine Gelähmte in ihrem dunklen Zimmer saß. Sie ging nicht aus, sie sprach kaum mit ihren eigenen Kindern. Sie saß unbeweglich da und wartete darauf, einen kalten Hauch in ihrem Nacken zu spüren.

Eines Tages ging Christine zu ihr. Sie klopfte an die offene Tür und trat ein. Gladys' Haus bestand aus drei Zimmern. Im vordersten, dem Wohnzimmer, standen zwei Stühle mit bestickten Tüchern über den Rückenlehnen. In einem dieser Stühle erwartete Gladys den Tod. Seit über drei Jahren saß sie dort. Jeder Morgen war ein langes Warten auf den Abend. Ein Warten aufs Sterben. Dieses Zimmer betrat Christine und setzte sich auf den zweiten Stuhl. Sie fing an, mit Gladys darüber zu reden, daß sie ebenfalls krank war. Daß sie sich jedoch weigerte, sich hinzusetzen und auf den Tod zu warten. Gladys sagte nicht viel. Dafür redete Christine um so mehr. Sie sprach über die Kinder von Gladys und über ihre eigenen. Christine sagte, sie beide, Gladys und Christine, hätten zusammen siebzehn Kinder, für die sie die Verantwortung trügen. Es gelte, so lange wie möglich zu leben, nicht zu vergessen, daß trotz allem noch Platz für ein Lächeln im Gesicht war. Es sei ihnen nicht gestattet, dazusitzen und auf den Tod zu warten. Der kam ja eh, wann es ihm paßte.

Christine kam wieder, Tag für Tag. Wie lange ihre Überredungskünste währten, weiß ich nicht. Aber eines Tages erhob sich Gladys aus ihrem Stuhl und beendete ihr ewiges Warten auf den Abend. Christine hatte es geschafft. Ich fragte Gladys, was geschehen wäre, wenn Christine nicht eines Tages zur Tür hereingekommen wäre.

– Ich würde immer noch dasitzen und auf den Tod warten.

Und Christine?

– Ich wußte, daß Gladys viele Kinder hatte. Ich hörte, daß sie nur noch da drinnen im Dunkeln saß. Ich konnte den Gedanken daran nicht ertragen. Ich dachte, ich könnte sie vielleicht dazu bringen, daß sie wieder weiterleben mochte.

Gladys sagte auch:

– Ich empfinde eine so unendliche Dankbarkeit gegenüber Christine. Ohne sie wäre ich untergegangen. Als sie kam, wollte ich ihr zuerst nicht zuhören. Aber sie gab nicht auf. Dafür danke ich ihr jeden Morgen beim Aufwachen in meinen Gedanken.

Und Christine?

– Ich finde nicht, daß ich etwas Besonderes getan habe. Es war nur so, daß ich es nicht aushielt, an diesem Haus vorbeizugehen und zu wissen, daß sie da drinnen im Dunkeln saß, reglos, ohne Lebenskraft. Das war alles. Nichts weiter.

39.

Insgesamt las ich während meiner Reise nach Uganda etwa dreißig Erinnerungsbücher. Einige davon waren abgeschlossen, andere waren vom Tod unterbrochen worden und würden nie etwas anderes sein als unvollendete Erzählungen. Einige waren von Menschen geschrieben worden, die nicht mehr am Leben waren, andere Bücher stammten von Verfassern, die noch lebten.

Alle diese Schriften waren ganz verschieden. Manche waren wortkarg, fast spärlich. Das konnte am Stil ebenso wie am Inhalt liegen. Es gab Menschen, die so gut wie nichts über ihre Vorfahren wußten. Sie hatten die Seiten, die von »meiner Familie« handelten, leer gelassen. Andere schienen ganz und gar niedergedrückt von dem Gefühl, sie hätten eigentlich nichts zu sagen. Ihr Leben erschien ihnen gleichförmig, sie hatten nie daran gedacht, daß sie andere Spuren hinterlassen könnten als das Haus, das sie gebaut, die Erde, die sie bestellt, die Kinder, die sie gezeugt hatten. Aber auch wenn einige der Schriften dünn waren, waren sie dennoch alle lebendig und oft äußerst ausdrucksstark. Alles, was dort stand, geschrieben, gezeichnet, als gepreßte Blumen oder Schmetterlinge eingelegt – alles handelte von Leben und Tod. Buchstäblich.

Am ergreifendsten waren natürlich die Erinnerungsbücher, die kranke Eltern für ihre Kinder geschrieben hatten, die noch ganz klein waren, in vielen Fällen noch Säuglinge. Sie würden die dünnen Hefte in die Hand bekommen, ohne eine einzige Erinnerung an den, der ein Elternteil gewesen war und dieses Testament geschrieben hatte, das weder Geld noch Eigentum enthielt. Sondern nur Erinnerungen.

Es gab natürlich auch Erinnerungsbücher, die von zwei Menschen zusammen geschrieben wurden. Wenn eine Frau erkrankt, ist es in der Regel der Mann, der sie angesteckt hat. Vielleicht sind sie nicht verheiratet, haben aber Kinder zusammen. Untreue ist in Kulturen, in denen die Polygamie mit Traditionen und nicht mit mangelnder Moral zu tun hat, ein unscharfer Begriff. Jetzt sitzen die kranken Eltern beisammen und schreiben diese Erinnerungsbücher.

Diese kranken Elternpaare. Es war, als säßen sie nebeneinander und sagten: Wer bist du? Wer bin ich? Wer sind wir? Und so wurden die Erinnerungsbücher geschaffen.

Doch ich sah natürlich auch die ungeschriebenen Erinnerungsbücher. Deren Seiten leer blieben. Nicht, weil diesem Menschen jede Erinnerung gefehlt hätte. Oder die Fähigkeit, der Wille zu erzählen. Es waren leere Erinnerungsschriften, die von der großen, lähmenden Angst vor der Krankheit und von der Qual und dem Tod zeugten.

Diese leeren Erinnerungsschriften waren fast immer Ausdruck dessen, daß diese Menschen nicht den Mut hatten, mit dem Schreiben anzufangen, weil dies gleichbedeutend damit gewesen wäre, zu akzeptieren, daß sich der Tod wirklich ganz in der Nähe befand.

Mit Aids ist es wie mit allen anderen schweren Krankheiten. Bis zuletzt leugnen viele von denen, die infiziert sind, wirklich krank zu sein. Es fängt natürlich noch früher an. Damit, daß viele sich nicht testen lassen wollen. Viele erkranken und sterben dann mit allen nur denkbaren Symptomen. Aber sie behaupten steif und fest, sie litten an etwas anderem.

Die Krankheit ist schändlich, schuldbeladen. In ganzen Dörfern, ganzen Generationen wüten die Schuld und die Schande im Schatten der Krankheit. Nicht bei allen, nicht bei Menschen wie Gladys, Christine oder Moses. Aber bei viel zu vielen.

Bei all denen, die jede Einsicht in ihre Krankheit verweigern, die glauben, gerade sie würden überleben. Zumindest so lange, wie sie nicht damit anfangen, ihre Erinnerungen in kleinen Heften auf grauem Papier aufzuschreiben.

40.

Eines Tages ist die Reise plötzlich vorüber. Am Abend fahre ich von Kampala zum Flugplatz in Entebbe. Es herrscht das übliche Verkehrschaos, manchmal stockt alles, Autos, überladene Busse, Lastwagen mit lebensgefährlich überhängenden Ladungen. Nur die Radfahrer und Mopedfahrer und Fußgänger kommen voran. Es ist Samstagabend, das Chaos besonders heftig. Doch die Knoten lösen sich nach und nach auf, und wir kommen rechtzeitig zum Flugplatz. Spät in der Nacht fliegt die Maschine ab, und ich reise Europa entgegen und werde bald von den Menschen im Nadelwald träumen.

Diese Gesichter, die aus den Baumstämmen herausragten, ihre erstarrten Züge, ihre wortlose Angst. Der Nadelwald mit all diesen Sterbenden und Toten.

Ich will ehrlich sagen, wie es war. Es war eine Erleichterung abzureisen. So viel Tod und Elend während einiger intensiver Wochen sind mehr als genug. Nie werde ich die Menschen vergessen, denen ich begegnet bin. Ich werde auch nicht aufhören, mich darüber zu empören, daß so viel von diesem Leiden ganz unnötig ist.

Zurück zu Christine. Die Medikamente, die sie gebraucht hätte, kosteten genau doppelt so viel, wie sie pro Monat als Lehrerin bekam. Vierhundert Kronen verdiente sie umgerechnet etwa im Monat. Die Medikamente, in ihrer billigsten Variante, kosteten achthundert Kronen. Ungefähr zehntausend Kronen pro Jahr. Zehntausend Kronen für Christine, zehntausend Kronen für Moses und noch einmal zehntausend für Gladys.

Aber eigentlich sollten sie natürlich gar nichts zahlen müssen. In zukünftigen Geschichtsbüchern wird ein Kapitel dem Agieren der großen Arzneimittelmonopole und ihrer Aktienbesitzer und Geschäftsführer in jener Zeit gewidmet sein, als die Aidsepidemie auf der Erde wütete. Gerichte, welche diese toten Unternehmensbesitzer zur Verantwortung ziehen könnten, wird es nicht geben.

Aber die Gier und die Unmenschlichkeit sagen etwas über unsere Zeit aus. Was wir geschehen ließen. Und wie viele Millionen Menschen sterben mußten, bevor die Arzneimittel durch Nachahmermedikamente oder eingezogene Patente auch den ärmsten Menschen zugänglich gemacht wurden.

Das ist eigentlich beispiellos in der Geschichte. Die heutige Gier nach Arzneimittelrechten, der Raubbau an den Kranken, die wachsenden, aber trotzdem viel zu geringen Ressourcen zur Bekämpfung von Aids sind ein weiterer

Skandal. Kein Wunder, daß viele Afrikaner meinen, die westliche Welt hätte nichts dagegen, wenn eine große Anzahl von armen Afrikanern einfach wegsterben würde, um so »den Druck zu erleichtern«.

Daran denke ich auf dem Flug nach London. Ich denke auch, daß diese großen Flugzeuge, die durch die nächtlichen Luftmeere schaukeln, die Schiffe der modernen Zeit sind. Früher schaukelten die Schiffe dem afrikanischen Kontinent in langsamem Takt über die Weltmeere entgegen.

Jetzt geht alles so viel schneller. Aber die Abstände haben sich nicht verringert. Sie werden offen gehalten. Weit offen. Diese Abstände sind nicht dazu da, überbrückt zu werden. Sondern es sind Abgründe, die weit offen gehalten werden sollen. Oder die bewacht werden sollen. Damit die richtigen Personen hineinfallen.

Die Wahrheit über Aids ist natürlich eine allgemeine Wahrheit darüber, wie die Welt heute aussieht. Mit anderen Worten: wie wir ihr auszusehen erlauben.

41.

Es ist wie ein schreckliches und grausames Märchen von H. C. Andersen oder den Gebrüdern Grimm. Es handelt von einem der in der Weltliteratur am häufigsten wiederkehrenden Themen. Seine Variationen sind zahllos. Zwei Menschen, Bruder und Schwester, Bruder und Bruder, Zwillinge, oder zwei einander völlig unbekannte Menschen werden zur gleichen Zeit geboren. Variationen gibt es davon wie gesagt unendlich viele.

Hier ist eine davon: Im November 1989 erfuhr ein guter

Freund von mir, ein Bühnenbildner, daß er mit HIV infiziert war. Als sein Lebensgefährte sich testen ließ und ebenfalls als infiziert diagnostiziert wurde, konnten sie sich leicht ausrechnen, wie es zugegangen war. Sie waren offen zueinander und auch zu ihren Freunden. Der Freund des Bühnenbildners hatte im Frühjahr 1988 eine Reise nach New York gemacht. Dort war er in einer Nacht nachlässig gewesen und einem fremden Mann von einer Bar ins Hotelzimmer gefolgt. Einen anderen Ansteckungsherd konnten sie nicht ausmachen. Ein *one night stand* mit dem Tod als unsichtbarem Begleiter. Obwohl der eine nachweislich die Schuld daran hatte, daß jetzt beide mit der Krankheit infiziert waren, sagten sie – soweit ich weiß – nie ein hartes oder böses Wort zueinander. Sie kannten das Risiko. Einer von ihnen hatte es in Kauf genommen, obwohl es ein Spiel auf Leben und Tod war. Damals, Ende der achtziger Jahre, gab es keine virenhemmenden Medikamente. Es gab eigentlich keine Hoffnung. Der Tod würde kommen. Bald.

Sie begannen sich darauf vorzubereiten. Besser gesagt: sie entschlossen sich, in vollen Zügen zu leben, alles zu tun, was sie sich vorgenommen hatten, alles Unnötige einzuschränken. Sie zogen aus der Stadt weg, in der sie lebten, ließen sich auf dem Land nieder, lebten ruhig, aber intensiv. Über ihre Nächte und ihr Morgengrauen weiß ich nichts; die Angst muß dagewesen sein. Dann starben sie, der eine 1996, der andere im Jahr darauf.

Ein paar Jahre zuvor erfuhr ich von einer Freundin in Mosambik, daß sie Aids hatte. Sie hatte nichts gesagt, aber ich hatte es bereits vermutet, da sie plötzlich abgemagert war, sich einen hartnäckigen Husten zugezogen und viel von ihrer guten Laune verloren hatte. Wir kannten einander so gut, daß ich sie geradeheraus fragte. War sie infiziert? War sie krank? Sie bestätigte meinen Verdacht. Als wir dann darüber redeten, erzählte sie mir, daß sie eigentlich schon über ihre Zeit hinaus lebte. Sie wußte mit Sicherheit, daß sie sich im Frühjahr 1988 angesteckt hatte.

Sie lebte nur noch kurze Zeit, nachdem ich erfahren hatte, daß sie krank war. Obwohl ich ihr mit Geld helfen konnte, reichten die Ressourcen in Mosambik nicht aus, um ihr Leiden zu lindern. Ihr Tod war entsetzlich. Verglichen mit den Freunden, die ich in Schweden hatte und die ohne Qualen sterben konnten, der eine in einem gewöhnlichen Krankenhaus, der andere in einem Hospiz.

Alle drei starben auf der falschen Seite der Grenze, könnte man sagen. Es war genau an der Schnittstelle zwischen der Zeit, als es fast keine virushemmenden Mittel gab, und einer neuen Zeit, in der man den Kranken Hoffnung machen konnte. Die Wissenschaftler und Ärzte hatten die erste Ziellinie fast erreicht. Nur wenige Jahre später wurde es in der westlichen Welt möglich, die Geschwindigkeit des Krankheitsverlaufs zu drosseln. Heute können Menschen mit Aids sehr lange leben und ein ziemlich normales Leben führen. Viele von ihnen sterben an ganz anderen Krankheiten oder ganz einfach am Alter.

Aber das hätte nur für meine beiden schwedischen Freunde einen Unterschied gemacht. Für die Frau in Mosambik wären diese virushemmenden Medikamente dennoch nicht zugänglich gewesen. Jedenfalls nicht ohne meinen Beistand.

Das empört mich. Der Gedanke an Ungerechtigkeiten stirbt nicht einfach, nur weil der Betroffene stirbt.

42.

In dem Theater in Maputo, an dem ich arbeite, inszenierten wir Anfang der neunziger Jahre *Bezahlt wird nicht*, ein Stück von Dario Fo, das bereits rund um die Welt mit Erfolg gespielt worden war. Im Stück kommt ein Sarg vor, der dazu dient, einige Mehlsäcke an einer Anzahl von wachsamen Polizisten vorbeizuschmuggeln. Der alte Schreiner Mestre Afonse zimmerte die Kiste aus dünnem Sperrholz. Gott weiß, wo er dieses relativ rare, aber sehr brauchbare Material herhatte. Wir spielten eine ganze Reihe von Vorstellungen und dann motteten wir die Produktion ein, da wir damit rechneten, sie später wieder ins Repertoire aufzunehmen.

So geschah es auch. Zwei Jahre nach der Premiere entschied Manuela Soeiro, die Intendantin, daß das Fo-Stück ruhig noch ein, zwei Monate lang wieder gespielt werden könnte. Sie sprach mit mir, und wir legten die Wiederaufnahmeproben fest sowie Umbesetzung, da eine der mitwirkenden Schauspielerinnen in einem zu fortgeschrittenen Stadium schwanger war, um noch auf der Bühne zu stehen.

Am Tag, bevor wir die Szene probieren wollten, in der der Sarg vorkommt, bat mich Alfredo, der Bühnenmeister des Theaters, um eine Unterredung. Er war sehr bekümmert, er starrte auf seine Füße. Ich konnte kaum verstehen, was er murmelte. Aber schließlich hörte ich es doch.

– Der Sarg ist verschwunden.

– Verschwunden?

– Er ist verschwunden.

– Wie ist das möglich? Es stand doch von vornherein fest, daß diese Vorstellung wiederaufgenommen werden sollte.

Alfredo stammelte und murmelte vor sich hin. Ich wurde allmählich ungeduldig.

– Dieser Sarg kann doch verdammt noch mal nicht einfach verschwinden?

– Er ist gebraucht worden.

– Gebraucht? Wie denn? Wofür?

– Für eine Beerdigung.

Lange starrte ich Alfredo an. Dann setzten wir uns in die erste Reihe im Zuschauerraum. Ich bat ihn zu erzählen. Ein Mädchen, das sich mitunter in der Nähe des Theaters aufhielt, ein Mädchen von etwa 17 Jahren, das hauptsächlich herumhing und um Essen bettelte, war gestorben. Es war Aids gewesen, das wußte Alfredo ganz sicher. Zugleich beteuerte er, auch wenn das Mädchen vermutlich eine Prostituierte war, so hätte doch keiner der Bühnenarbeiter in dieser Weise mit ihr zu tun gehabt.

Aber da war die Sache mit der Beerdigung. Das Mädchen hatte keine Angehörigen. Also würde sie in eins der Armengräber der Stadt geworfen werden, die einmal in der Woche mit toten Körpern gefüllt wurden. Da war den Technikern des Theaters der Sarg eingefallen, der in dem Dario-Fo-Stück verwendet worden war. Auch wenn er nur ein Requisit war, eine billige Sperrholzkiste, war er doch besser als nichts. Also holte man den Sarg aus dem Lager, und das Mädchen wurde auf würdige Weise beerdigt, obwohl ihr Sarg nur ein Bühnenrequisit aus einem Stück war, das ein italienischer Farcenmeister verfaßt hatte.

Nachdem Alfredo verstummt war, saßen wir lange da, ohne etwas zu sagen. Mir war übel. Es war, als hätte die Wirklichkeit ihre schwere, zur Faust geballte Hand auf das Theater niedergehen lassen.

Doch die Übelkeit verging. Ich sagte zu Alfredo, daß ich fände, sie hätten es ganz richtig gemacht. Bestimmt ließe sich irgendwie ein neuer Sarg zusammenschreinern.

– Mestre Afonse sagt, daß er kein Sperrholz mehr hat.

– Dann muß er ein anderes Material verwenden.

– Er hat nur Bretter.

– Dann muß er die nehmen.

– Die Bretter sind dick. Sie werden den Sarg sehr schwer machen.

– Daran werden sich die Schauspieler, die den Sarg tragen, eben gewöhnen müssen.

Ungefähr ein Jahr danach nahmen Alfredo und ich an einer Beerdigung auf dem großen Friedhof außerhalb von Maputo teil, der an der Straße nach Xai-Xai liegt. Hinterher, als wir auf dem Weg zum Ausgang waren, deutete Alfredo auf eine Ecke des Friedhofs. Dort lagen Grabhügel ohne Kreuz.

Ich verstand ihn, ohne daß er noch mehr dazu sagte.

Dort lag sie, in dem Requisitensarg aus Sperrholz aus unserer Inszenierung.

Mir kam der Gedanke, daß ich an Dario Fo schreiben und ihm diese Geschichte erzählen sollte. Ich bin mir sicher, sie hätte ihm gefallen. Bestimmt hätte sie ihn berührt.

43.

Natürlich ist es unvermeidlich, angesichts der Aidsepidemie, die über die Erde zieht, Zorn zu empfinden. Die Dunkelziffer ist groß und erschreckend. Für die meisten, die betroffen sind, ist der Tod unausweichlich. Nur eine kleine, wohlhabende Elite hat Zugang zu wirksamen virushemmenden Mitteln und den ganzen anderen Therapiemaßnahmen, mit denen das Virus einigermaßen unter Kontrolle zu bringen ist. Das Virus kann jeden befallen, der unvorsichtig, ahnungslos oder gleichgültig ist. Aber die Konsequenzen sind sehr verschieden, je nachdem, wo du geboren worden bist oder was für Eltern du hast.

Das reicht natürlich aus, um einen begründeten Zorn zu entfachen. So sieht die Welt aus, ein Land der zunehmenden Dämmerung für arme Menschen in den sogenannten Entwicklungsländern. Zugleich ein illusorisches Paradies für diejenigen, die in den reichen Enklaven leben, umgeben von immer höheren Palisaden. Der Tod ist eine Frage des Geldes geworden. Die Solidarität lebt unter immer beengteren Verhältnissen.

Es gibt eine wachsende Anzahl von Menschen, die einsehen müssen, daß ihr Leben unerwartet kurz werden wird. Sie werden ihre Kinder nicht begleiten können, bis diese herangewachsen sind und allein zurechtkommen. Deshalb schreiben sie ihre kleinen Bücher, um nicht ganz aus dem Gedächtnis ihrer Kinder gelöscht zu werden.

Mitten in alledem sah ich Aida und ihre Mangopflanze. Ich habe nie eine Spur von Zorn bei ihr gesehen, aber ich bin sicher, er ist da. Warum muß ihre Mutter sterben, wo sie doch selber noch so jung ist? Warum muß Aida eine Verantwortung übernehmen, die viel zu groß für sie ist? Plötzlich ist sie vor eine Situation gestellt, in der sie keine Wahl hat. Das einzige, was sie tun kann, ist zu protestieren, und das tut sie, indem sie diese Mangopflanze hegt, sie leben sieht, während sie von immer mehr Tod umgeben ist.

Was ich hier schreibe, handelt genau davon. Daß Aida

für ihre eigenen Kinder hoffentlich kein Erinnerungsbuch über ihr Leben wird schreiben müssen. Ihr ist bewußt, daß es die Krankheit gibt, sie weiß, wie sie sich dagegen schützen kann, und sie wird Ansprüche an den Mann stellen, dem sie eines Tages begegnen wird.

Gerade um Aidas willen sind diese Erinnerungsbücher wichtig.

Im besten Fall bleibt ihr eigenes dann nämlich ungeschrieben.

44.

Was erzählte Aida, als sie mich mit zu ihrer Mangopflanze nahm, die sie zwischen den Bananenbäumen versteckt hatte? Da sie sehr schüchtern war, machte sie nicht viele Worte.

Ich glaube, sie fühlte sich dieser Pflanze in der Erde verschwistert. Die Pflanze war jung, sie selbst war jung. Ich glaube, sie wollte zeigen, daß sie ein Stück Leben umsorgen, etwas zum Keimen, zum Überleben bringen konnte. Daß sie da drinnen zwischen den Bananenbäumen ihre eigene Verteidigungslinie errichtet hatte. Umgeben von Tod und Angst hatte sie ihren Mangoschößling in die Erde gepflanzt, als Verteidigung für das, was lebendig war, für das, was wuchs.

Aber über eines sprachen wir, das weiß ich noch. Über den Geschmack der Mangofrucht. Darin waren wir uns einig, hat man eine Mango gegessen, möchte man gern gleich noch eine haben. Die Mangofrucht schmeckt immer nach mehr. Ich fragte, wie lange es dauern wird, bis ihre Pflanze so groß ist, daß sie Früchte trägt. Das konnte sie nicht beantworten. Aber sie versprach, einen Brief zu schreiben und es mir zu berichten.

Jetzt, wo mehrere Monate vergangen sind, seit ich sie traf, jetzt, wo ich dieses schreibe, fange ich auf einmal an, über ihren Namen nachzudenken. Aida. Nur ein Buchstabe trennt den Namen von der Krankheit, Aids. Genau so, wie Leben und Tod oft nur um Haaresbreite voneinander getrennt sind.

45.

Ich ende, wie ich angefangen habe: Eines Nachts im Juni 2003 träume ich von toten Menschen in einem Nadelwald. Alles in dem Traum ist sehr deutlich. Der Duft des Mooses, der Wald, der nach einem Herbstregenguß dampft. Pilze an den Baumwurzeln, unsichtbare Vögel, die von einem Ast auffliegen, der auf und ab wippt. Die Gesichter der Toten sind in die Baumstämme gehauen. Es ist, als bewegte ich mich in einer Galerie mit ausgestellten, aber noch unfertigen Holzskulpturen. Oder in einem Atelier, das der Künstler überstürzt verlassen hat.

Die Gesichter sind verzerrt. Aus den halb geöffneten Mündern kommen keine Schreie, nur Schweigen.

In mehrfacher Hinsicht erfüllt mich der Traum mit Unsicherheit. Aber ich weiß, das Wesentliche ist, daß der Tod einen Namen hat: Aids.

Schaue ich genau nach, an den Rändern des Traums, sehe ich dort eine junge und noch sehr zarte Mangopflanze, verborgen unter einer Schicht schützenden Reisigs.

Und gleich daneben ein löchriger, halb vermoderter Sperrholzsarg, der einmal auf einer Theaterbühne zum Einsatz kam, danach aber in die dunkle und entsetzliche Wirklichkeit hinauswanderte.

Wir sind es, die entscheiden, niemand sonst. Darüber, wie diese Kraftprobe zwischen der Mangopflanze und dem Sarg aus zerbrechlichem, schwarz gestrichenen Sperrholz ausgehen wird.

Nichts ist entschieden.

Und noch ist es für nichts zu spät.

Nachwort

Die Menschen, von denen ich hier erzählt habe, existieren in der Wirklichkeit. Aber ihre Worte sind nicht nur die ihren. Die Worte sind auch die meinen. Was ich schreibe, ist gleichermaßen eine Wiedergabe dessen, was ich sie sagen hörte, wie meine Art, das zu deuten, was sie nicht laut sagten.

In Gesprächen, in denen der Tod ein ständiger Begleiter ist, sind die Pausen oft lang und inhaltsschwer. Ich habe das übersetzt, was ich hörte, und versucht, das Unausgesprochene zu begreifen. Ich nenne einige Menschen mit Namen. Aber es sind auch andere Menschen mit anderen Erzählungen im Text gegenwärtig.

Ich habe großen Respekt vor der Würde und der Kraft, der ich begegnet bin. Meine Sorge ist, daß wir in unserem Teil der Welt nicht verstehen, daß diese Menschen auf die Solidarität von uns allen angewiesen sind und daß sie ein Recht darauf haben.

Henning Mankell

August 2003

Das Memory Book Project

Werner Bauch
Marianne M. Raven

Plan International Deutschland e.V.

Kinder allein zurücklassen. Nicht nur für ein paar Stunden, sondern für immer. Dieser Gedanke ist für Eltern schwer zu ertragen. Doch die Gewißheit, in absehbarer Zukunft an Aids zu sterben, zwingt viele Mütter und Väter in Uganda, sich mit ihrem Tod auseinanderzusetzen. Auch wenn Aids in Afrika zum Alltag gehört, hat die Krankheit nichts von ihrem Schrecken verloren. Aids ist wie Krieg, die Krankheit zerstört Familien, löscht Generationen aus. Sie verhindert Wachstum und stellt auch Hilfsorganisationen vor riesige Herausforderungen. Das Kinderhilfswerk Plan International setzt auf Aufklärung, Versorgung und Beistand. Plan engagiert sich in Asien, Afrika und Lateinamerika im Kampf gegen die Epidemie.

Uganda ist das Land in Afrika, dem es am besten gelingt, die Ausbreitung von HIV/Aids einzudämmen, aber es ist auch das Land auf der Welt mit den meisten Aids-Waisen. Es wird geschätzt, daß mehr als zwei Millionen Kinder in Uganda einen oder beide Elternteile an Aids verloren haben. Einige kommen nach dem Tod ihrer Eltern bei Verwandten unter, andere bleiben auf sich allein gestellt. Dann übernimmt das älteste Kind in der Regel die Verantwortung.

Plan hilft nicht nur Menschen, die an Aids erkrankt sind, sondern auch ihren Familien. Medizinisch, psychologisch und juristisch. Ziel ist es, das Leben der Erkrankten zu verlängern, zu erleichtern und den zurückbleibenden Kindern eine Zukunftsperspektive zu geben.

In Uganda hat Plan ein besonderes Projekt ins Leben gerufen: Eltern schreiben in sogenannten Memory Books handschriftlich ihre Familiengeschichte nieder, damit den Kindern eine Erinnerung bleibt. Die Kinder werden behutsam darauf vorbereitet, daß ihre Eltern sterben werden.

Beatrice Muwa, Gesundheitsberaterin für Plan in der Provinz Tororo in Uganda, ergriff die Initiative für das Memory Book Project. Sie sagt: »Die Bücher helfen Eltern, ihre Gefühle, ihre Gedanken und Erfahrungen in Worte zu fassen. Das ist ein schwerer Prozeß für viele Afrikaner, da es nicht üblich ist, über den Tod zu sprechen, bevor er eintritt. Die Erinnerungsbücher helfen auch den Kindern, die Trauer zu bewältigen, und werden ihr wertvollster Besitz.«

In den Memory Books erzählen die Eltern – meist sind es die Mütter – ihre eigene Geschichte und die ihrer Familie und geben den Kindern Rat für die Zukunft. So erfahren die Kinder, was wichtig ist im Leben, wofür es sich zu kämpfen lohnt, warum eine Ausbildung die Basis für eine bessere Zukunft ist. Die Eltern berichten von ihrer eigenen Kindheit, von den Erinnerungen an ihre eigenen Eltern und sagen, was sie sich für ihre Kinder wünschen.

Wissen, woher man kommt und wie es weitergehen soll – das gibt Halt. Die Arbeit mit dem Buch ermöglicht den Eltern auch, sich mit der Krankheit zu beschäftigen. Ein oft schmerzhafter Prozeß. Plan begleitet die Menschen in dieser schwierigen Phase.

Für Kinder ist so ein Erinnerungsbuch von unschätzbarem Wert. Die Erfahrung zeigt, daß Kinder von HIV-positiven Eltern die Trennung weitaus besser verarbeiten, wenn sie die Möglichkeit erhalten, darüber zu sprechen und zu trauern, während die Eltern noch am Leben sind. Das Erinnerungsbuch schenkt den Kindern später Trost. Wenn sie die Texte ihrer verstorbenen Eltern lesen, ist es, als sprächen die Eltern zu ihnen.

Ein übersetztes Memory Book aus Uganda ist im folgenden abgedruckt. Wer die Zeilen von Christine liest, die sie für ihre Tochter Everlyn geschrieben hat, kann die Bedeutung dieser Texte ermessen. Christine ist inzwischen gestorben. Wir danken den Großeltern von Everlyn, daß sie einer Veröffentlichung zugestimmt haben.

Wir danken Henning Mankell, daß er dieses so wichtige Thema aufgegriffen und das Projekt von Plan in Uganda besucht hat.

Wir hoffen, daß dieses Buch von vielen Menschen gelesen wird. Möge es dazu beitragen, ein globales Engagement zu schaffen. Wenn nichts Entscheidendes getan wird, um die Ausbreitung von HIV/Aids zu verhindern, werden im Jahr 2010 bis zu 40 Millionen Kinder keine Eltern mehr haben. Der Großteil dieser Kinder wird in Afrika oder Asien aufwachsen.

Werner Bauch
Marianne M. Raven
Plan International Deutschland e.V.

Hamburg, Mai 2004

Mit dem Kauf dieses Buches haben Sie einen Beitrag für Plans Arbeit mit HIV/Aids-betroffenen Familien in Uganda geleistet. Wenn Sie das Projekt weiter unterstützen möchten, können Sie unter dem Stichwort »Aids-Waisen in Uganda« bei der Deutschen Bank, Kontonummer 061 281 202, BLZ 200 700 00, spenden. Oder spenden Sie online unter www.plan-deutschland.de/patenschaften/projektspenden.html

Weitere Informationen erhalten Sie bei:

Plan International Deutschland e. V.
Bramfelder Straße 70
22305 Hamburg
Tel. 040/61 1400

www.plan-deutschland.de

Memory Book
für Everlyn Akoth

von

Christine Aguga

27. 1. 2000

Aus dem afrikanischen Englisch
von Katrin Hillgruber

Dieses Erinnerungsbuch
ist für Akoth, Everlyn
und wurde am 27. 1. 2000
von Aguga Christine
geschrieben

Deine Geburt

Du wurdest am 20. 2. 1990 im Krankenhaus von Tororo als zweites Kind deiner Mutter geboren.

Es war eine normale Geburt, dein Gewicht betrug 2900 Gramm. Es begann mit vorzeitigen Wehen, so daß man mir zu einer Woche Bettruhe riet, anschließend hatte ich kurze heftige Wehen. Diese eine Woche sollte ich eigentlich im Krankenhaus verbringen, doch da ich bei meinen Eltern gut aufgehoben war, baten sie die Ärzte um Erlaubnis, mich zu sich nach Atiri mitnehmen zu dürfen.

Denn ich wirkte blutarm, und sie dachten, ich bräuchte nur gute Ernährung und Pflege, anders als in deiner Familie, wo sich deine Verwandten nicht besonders um mich kümmerten. Gegen Ende der Woche war ich kräftiger, und um meine Gesundheit war es besser bestellt, was mir tatsächlich eine normale Geburt ermöglichte.

Am nächsten Tag erhieltest du eine Immunisierung gegen Tuberkulose (B. C. G.), dann wurden wir entlassen. Du wurdest an einem regnerischen Tag geboren, deshalb hast du den Beinamen »Akoth« erhalten.

Als Baby warst du

Als Baby warst du nett und liebenswert. Du hast uns nicht viele Sorgen bereitet. Dein Gesundheitszustand war insgesamt gut, und ich kann mich an keine ernsthaften Probleme erinnern, die du als Säugling hattest.

Du warst im allgemeinen gesund und hattest nur einige leichte Fieberanfälle und Malaria, wie jeder andere Säugling.

Du warst ein vergnügtes, hübsches und liebes Baby, das von allen bewundert wurde. Außerdem hattest du einen guten Appetit. Zum Glück war die Familie wirtschaftlich noch gesund und daher in der Lage, dich entsprechend der empfohlenen Richtlinien zu ernähren.

Du wurdest normal gestillt, ergänzt durch verschiedene Babynahrungen wie Lactogel und Cerelac. Deshalb gab es für ein Baby wie dich keinen Grund, krank zu sein!

Das erste Mal

Das erste Mal gingst du 1993 zur Schule, als du in die Spielschule von Naguru kamst. Das war ein gemischter Kindergarten in der Nähe der Siedlung. Er lag etwa einen Kilometer von unserem Haus entfernt, eine Distanz, die man zu Fuß zurücklegen kann, doch zu deinem Glück besaß dein Vater ein Auto, und so hat er dich immer dort abgesetzt und mittags wieder abgeholt.

Das war ein großer, besonderer Tag in deinem Leben, als du das erste Mal in den Kindergarten gingst. In der Pause gab es Haferbrei, doch in Gesellschaft so vieler anderer Kinder wolltest du keinen. Du hattest Passionsfruchtsaft und einige Kekse dabei, die du auf dem Rückweg im Auto gegessen hast.

Für dich war das ein Tag gemischter Gefühle, voll von Freude, Aufregung und auch Angst. Du warst so aufgeregt wegen deines Schulranzens, der roten Uniform und Schleife, der Schulstrümpfe und Schuhe, ergänzt von einem roten Pullover.

Als du nach Hause zurückkamst, versuchtest du, all das deinen Schwestern zu erklären, die sich auch eine solche Chance wünschten. Wie hast du dir den nächsten Morgen herbeigesehnt, um mit diesem neuen Leben fortzufahren!

Schultage

Deine Schulzeit begann im Naguru-Kindergarten, der nicht weit entfernt von zu Hause lag. Das war von 1993 bis 1994.

Als wir 1995 nach Tororo zurückkehrten, besuchtest du den Kindergarten der Heilsarmee, wo ich dich auf meinem Weg zum Bukedi College Kachonga absetzen konnte. Von 1996 bis 1997 warst du an der Dube Rock Primary School. Wegen des Gesundheitszustands deines Vaters bist du auf die Grundschule in Atiri gewechselt. Das geschah auf Wunsch meiner Eltern, die Mitleid mit mir hatten, als ich mich um deinen schwer erkrankten Vater und außerdem um dich kümmern mußte. Eine Haushaltshilfe hatte ich nicht. Nach seinem Tod mußtest du von 1999 bis heute wieder auf die Dube Rock Primary School gehen.

Aufwachsen

Du wurdest am 20. 2. 1990 geboren und bist ausschließlich in der Obhut deiner Eltern aufgewachsen. Als ich 1992 auf das National Teacher College in Nagongera ging, lebtest du bei meinen Eltern in Atiri, bis ich mein Studium abgeschlossen hatte.

Später kamst du zurück und bist bei uns geblieben, besonders seit du den Kindergarten besuchen konntest. Das war damals in Naguru-Kampala.

Nach dem Tod deines Vaters kamst du nach Atiri, wo du vor allem die Ferien verbracht hast, in Kachonga dagegen die Schultage. Dein Aufwachsen war eine Mischung aus Augenblicken der Freude und der Sorge.

Deine Gesundheit

Du wurdest am 20. Februar 1990 geboren, und es war eine normale Geburt. Am nächsten Tag erhieltest du eine erste Immunisierung gegen Tuberkulose (B.C.G.), zusammen mit der ersten Impfung gegen Polio, der bis zum 5.7. 1990 drei weitere folgten. Gegen Diphtherie wurdest du bis zum 5.7. 1990 dreimal geimpft und am 22. 11. 1990 gegen Masern.

Da du als Baby all die verschiedenen Impfungen erhalten hast, konnte deine Gesundheit kein großes Problem für uns werden.

Auch daß du immer ein Kind mit gutem Appetit warst, hat zu deinem anhaltenden Wohlbefinden beigetragen. Wie alle anderen Kinder hattest du leichte Anfälle von Fieber, Husten, Malaria etc., bei ansonsten guter Gesundheit.

Deine Interessen

Dein Hauptinteresse liegt eindeutig im Schulbesuch. Das ist so, seit du in den Kindergarten kamst.

Ein anderes ist Spiel und Sport, was sich bald als eines deiner Talente erweisen könnte.

Es macht dir auch Spaß, viel Zeit mit deinen Kameradinnen zu verbringen, zu spielen und zu basteln.

Deine Neigungen und Abneigungen

Du magst es besonders, mit den vielen neuen Freundinnen und Freunden zu spielen, die du fandest. Das ist seit deiner frühen Kindheit erkennbar.

Du erledigst auch gerne etwas Haus- und Gartenarbeit, wie graben, Wasser holen und kochen.

Du willst immer adrett aussehen, und es fällt auf, wie sauber und ordentlich du deine Kleidung hältst.

Andererseits wurden auch verschiedene Abneigungen in deinem Leben beobachtet. So magst du zum Beispiel Menschen überhaupt nicht, die dir leere Versprechungen machen.

Du magst es auch nicht, unterbrochen zu werden, wenn du mit deinen Freundinnen spielst.

Meine liebsten Erinnerungen an dich

Der 20. Februar 1990, der Tag, an dem du zur Welt kamst, dürfte meine wertvollste Erinnerung an dich sein, besonders weil du so ein liebenswertes Baby warst, das von allen bewundert wurde.

Eine andere ist Weihnachten 1998. Das war das erste Weihnachten ohne deinen Vater, und du stelltest fest, daß du keine neuen Kleider zum Fest bekommen hattest. Also sagtest du: »Ich wünschte, Papa wäre noch am Leben, so daß wir wie die Kinder anderer Leute neue Kleider bekämen.« Diese Bemerkung ging mir zu Herzen und ließ mir keine Ruhe, bis ich dir und deinen Freundinnen zu Neujahr neue Kleider kaufte!

Eine andere Erinnerung gilt den Weihnachtsferien 1999, als du bewiesen hast, daß du hart arbeiten kannst: Das war, als du deiner Großmutter bei der Garten- und sonstigen Hausarbeit geholfen hast.

Erinnernswert ist ein weiteres Talent, mit dem du viele Familienmitglieder verblüfft hast. Das war, als du als DJ einer Band das Jahr 1999 so glücklich beendet und das Millennium begrüßt hast. Du spieltest mehrere Trommeln ganz alleine, was ich sehr bewundert habe.

Informationen über deine Verwandten

Was die Geschichte deiner Familie betrifft, solltest du vor allem wissen, daß diese seit ihren Anfängen von völliger Uneinigkeit geprägt war:

a) Deine Großeltern schafften es nicht, als Eheleute zusammenzuleben – aus Gründen, die sie selbst am besten kennen.

b) Dein Vater war ein im Grunde freundlicher Mann, der bereitwillig half, wo auch immer er helfen konnte. Er arbeitete ziemlich hart und war entschlossen, sein Zuhause zu einem lebenswerten Ort zu machen. Dennoch muß erwähnt werden, daß der Umgang mit ihm bisweilen ziemlich schwierig war, vor allem in finanziellen Dingen. Du solltest aber auch wissen, daß er von Natur aus großzügig war!

c) Deine Stiefmutter war eine Frau, die einen guten Charakter nur vortäuschte, aber unerbittlich ihr Ziel verfolgte, wenn sie etwas wollte. Ich sollte nicht versäumen, dir zu sagen, daß sie die Ursache der ganzen Katastrophe ist!

d) Deine Schwester und dein Bruder haben ebenfalls den Charakter ihrer Mutter geerbt. Sie geben sich harmlos, hegen in Wahrheit aber großen Haß gegen dich, aus Gründen, die sie selbst am besten kennen.

e) Deine Tantchen väterlicherseits haben beschlossen, ihr Leben mit Heiraten und Wieder-Heiraten zu verbringen, begleitet von dämlicher Trunksucht.

Das Leben deiner Verwandten mütterlicherseits ist das genaue Gegenteil des oben Beschriebenen. Die Familie ist eine allgemein freundliche und liebenswerte, wahrscheinlich dank ihrer Gottesfürchtigkeit. Die meisten von ihnen sind gläubig – mich selbst nicht zu vergessen. Einige wenige Familienmitglieder haben bisher noch nicht zum Glauben gefunden, doch das ist meines Erachtens nur eine Frage der Zeit.

Die Familie lebt monogam, ihr Oberhaupt ist ein ergebener Diener Christi. Das Familienleben verläuft auch deshalb glücklich, weil die Mutter ebenso streng den Dienst des Herrn befolgt.

Die Familie wurde mit elf Kindern gesegnet, sechs Jungen und fünf Mädchen, von denen unglücklicherweise ein Junge weit weg in Tansania starb. Seine Kleider wurden hergebracht und der Tradition entsprechend zu Hause verbrannt, nach einem Gedenkgottesdienst, der wiederum nach den Regeln der Kirche abgehalten wurde. MÖGE SEINE SEELE IN FRIEDEN RUHEN.

Es ist vor allem meine Familie, die sich gegenwärtig um mich und euch kümmert, meine Kinder. Ich kann nicht von euch gehen, ohne meinen Onkel Osinde Sepirya zu erwähnen, der mir unermüdlich auf unterschiedliche Art geholfen hat – moralisch, finanziell, materiell und auch sonst. Aus diesen Gründen hoffe und wünsche ich mir, euch in der Obhut meiner Leute zu lassen.

Menschen, die dir wichtig sind

Es sind ziemlich viele Menschen, die ich als wichtig für dich bezeichnen möchte. Zuallererst sollte ich meine Eltern nennen, den ehrwürdigen Eric Andrew Okoth und Frau Pherry Okoth, die sich trotz unserer Lage unermüdlich um uns gekümmert haben. Sie haben ihr Bestes getan, um uns all die Liebe zu geben, die wir brauchen, und haben uns so sehr ermutigt.

Als zweites sollte ich erwähnen, daß meine Brüder und Schwestern, besonders Stephen, Jenan, Florence, Annet und Irene, immer versucht haben, unsere Sorgen mit uns zu teilen und alles ihnen Mögliche zu tun, uns glücklich zu machen.

Ich sollte nicht Bruder David Idewa vergessen, meinen Anwalt. Er hat mich unermüdlich ermutigt und so etwas wie Hoffnung in mein Leben gebracht, als es darum ging, mich weiter um euch (meine Kinder) kümmern zu können.

Erwähnt sei auch dein Tantchen Gertrude, die uns stets moralisch, finanziell, geistig und auf sonstige Weise unterstützt hat.

Du mußt auch wissen, daß Bruder Michelo Kato eine wichtige Rolle bei der moralischen und seelischen Unterstützung unserer Familie gespielt hat, und er ist in der Tat wichtig für dich.

Trotz allem möchte ich, daß du dich auch an deine Verwandten väterlicherseits hältst; deine Großmutter Akumu Victoria ist eine Frau, die auf unserer Seite stand, doch leider ist sie finanziell eingeschränkt und kann uns nicht viel helfen. Trotzdem betrachte ich sie als wichtig für dich!

Informationen über deine Mutter

Nachname:	Owor
Taufname:	Christine
Vornamen:	Aguga Abishag
Rufnamen:	Abi, Agu, Nyangosa
Geburtsdatum:	9. Mai 1968
Geburtsort:	Atiri-Mukuju Tororo

Die Lebensgeschichte deiner Mutter (in Kürze, weitere Details auf den folgenden Seiten):

Deine Mutter ist die erste Tochter ihrer Eltern und deren fünftes Kind. Sie kam gesund zur Welt und wuchs auf, ohne ihren Eltern große Sorgen zu bereiten. Während ihrer Kindheit war sie eine freundliche, sanfte und bescheidene, liebenswerte Tochter der Familie. Die Eltern setzten große Hoffnung in sie, besonders was ihre Disziplin betraf, die nicht unerwähnt bleiben sollte!

Sie durchlief ihre Schulbildung, war ziemlich begabt und konnte auf eine sehr gute Zukunft hoffen. Auf den folgenden Seiten wirst du über ihre Ausbildung noch mehr erfahren.

Ihre Ehe dauerte von Juli 1987 bis zum Tod deines Vaters im Juni 1998. Sie sah keine Notwendigkeit darin, an seinem Wohnort zu bleiben, da sie dort von niemandem Hilfe bekam. Sie entschloß sich also, in ihr Heimatdorf Atiri zurückzukehren, gemeinsam mit ihren drei Kindern, mit denen sie jetzt dort lebt! Das sind Doreen, Victoria und du.

(Notiert von: Aguga Abisagi Christine am 27. 1. 2000.)

Informationen über deinen Vater

Nachname:	Lukanda
Taufname:	Joseph
Vornamen:	Owor Okumu
Spitzname:	Martel Man
Geburtsdatum:	8. Juli 1956
Geburtsort:	Mudodo – Tororo

Die Lebensgeschichte deines Vaters (in Kürze, weitere Details auf den folgenden Seiten):

Dein Vater ist das zweite Kind seiner Eltern und der einzige Sohn seiner Mutter. Er wurde im Dorf Mudodo im Bezirk Tororo geboren und wuchs in der Obhut beider Eltern auf, bis diese sich trennten und er fortan bei seiner Mutter lebte.

Seine Mutter schlug sich allein durch und sorgte dafür, daß er die Oberschule besuchen konnte. Anschließend wurde er zum Buchhalter und Rechnungsprüfer ausgebildet. Er fand Arbeit und heiratete seine erste Frau, kaufte ein Stück Land und baute darauf Häuser für sich und seine Mutter.

1987 nahm er mich als seine Zweitfrau auf, und Gott segnete uns mit drei lieben Töchtern. Wir lebten elf Jahre zusammen, bis er leider im Juni 1998 nach langer Krankheit starb.

Seine Arbeit bescherte ihm Wohlstand – er besaß ziemlich viele motorisierte Fahrzeuge, viel Land und genügend Geld.

(Notiert von: Aguga Christine am 4. Februar 2000.)

Über meine Kindheit und den Ort, an dem ich aufwuchs

Ich wurde am 9. Mai 1968 im St.-Anthony-Krankenhaus in Tororo geboren. Ich bin das fünfte Kind und die erste Tochter meiner Eltern.

Meine Kindheit war im allgemeinen problemlos, auch war ich ein heiteres und liebenswertes junges Mädchen. Ich wuchs als bescheidenes, geduldiges und gehorsames Kind auf. Meine Eltern liebten mich und widmeten mir die größtmögliche Aufmerksamkeit. Ich wuchs in ihrer Obhut in unserem heimatlichen Dorf Atiri auf. Wir zogen später in die Bezirkshauptstadt Tororo, wo wir von 1980 bis 1984 blieben, und kamen dann nach Atiri zurück. Dieses Haus stand Menschen aller Schichten offen! Von Zeit zu Zeit hatten wir Besuch. Alle, die kamen, wurden warmherzig empfangen und üppig bewirtet, denn die Familie war finanziell gesund und verfügte über viele Lebensmittel und andere Güter.

Ich kann mich nicht daran erinnern, auch nur einen Moment meiner Kindheit außerhalb der Familie verbracht zu haben, denn ich wuchs ausschließlich in der Obhut meiner Eltern auf. Ich sollte nicht vergessen zu erwähnen, daß die Disziplin, die ich als Kind zu Hause erlernte, meine Eltern dazu bewogen hat, mich wieder bei sich aufzunehmen. Trotz der Schwierigkeiten und Katastrophen, die ich durchlebte, seit ich ihre Obhut verließ, haben sie sich um mich und meine Kinder gekümmert. Möge Gott der Allmächtige sie segnen und ihnen ein langes Leben schenken, damit auch du ihre Güte jetzt und in der Zukunft erfahren kannst.

Meine Ausbildung

Die einzelnen Abschnitte meiner Ausbildung will ich kurz darstellen:

1) 1974 kam ich mit sechs Jahren in die Grundschule von Atiri, das heißt, daß ich nicht die Möglichkeit hatte, einen Kindergarten zu besuchen. In dieser Schule blieb ich sechs Jahre und kam anschließend nach Tororo, da mein Vater an die Uganda Trypanosomatis Research Organisation (U.T.R.O.) versetzt wurde, das nationale Institut zur Erforschung von Viehkrankheiten. Ich legte die Abschlußprüfung der Grundschule ziemlich gut ab und fuhr mit der Mittel- und Oberschule fort.[1]

[1] In Uganda besteht keine allgemeine Schulpflicht, und nur die Grundschule ist für die ersten vier Kinder einer Familie kostenfrei. Das Bildungssystem, das sich seit dem Bürgerkrieg stark verschlechtert hat, gliedert sich nach britischem Vorbild in Nursery School (Kindergarten) ab zwei Jahren, Primary School (Grundschule) ab sieben Jahren und Secondary School (höhere Schule), bestehend aus vier Jahren Mittelstufe bis zum »O-Level« und zwei weiteren Jahren Oberstufe bis zum »A-Level«. Mindestens zwei »major passes« qualifizieren für die Universität, die schwächeren Absolventen besuchen das College. (A.d.Ü.)

2) Meine weitere Schulbildung erfuhr ich an der Dabini-Mädchen-Oberschule im Bezirk Busia an der Straße von Busia nach Majanji. Hier war ich von 1981 bis 1984 und schnitt bei den Prüfungen recht gut ab, so daß ich mich für die höhere Schulbildung qualifizierte.

3) 1985 kam ich auf die Mädchenschule von Tororo, blieb dort für zwei Jahre und legte mit gutem Erfolg das Uganda Certificate of Advanced Education (U.A.C.E.) ab, so daß ich eine Berufsausbildung an der Handelsschule (Uganda College of Commerce) in Tororo beginnen konnte.

Während der großen Ferien 1987 geschah leider folgendes: Kurz bevor die Prüfungsergebnisse bekanntgegeben wurden, lieferten mich böswillige, geldgierige Verwandte in falsche Hände aus, um mich zu verheiraten – man hatte ihnen viel Geld gegeben und noch mehr versprochen. Ich betrachte das im nachhinein als »Entführung«, denn ich wurde zur Ehe mit jemandem gezwungen, den ich nie geliebt habe.

Meine Eltern gaben sich alle Mühe herauszubekommen, wo ich war, doch leider fanden sie mich erst nach anderthalb Monaten in Ntinda-Kampala. Mein Vater kam mit dem Aufnahmebescheid für die Handelsschule und bestand darauf, daß ich die Ausbildung beginnen sollte. Nach dem Examen, so sein Vorschlag, könnte ich dann eventuell in die Ehe zurückkehren.

Ich war so glücklich, das zu hören, und packte nach einer langen Auseinandersetzung meine Sachen zusammen, um mit meinem Vater nach Tororo zurückzukehren.

In kurzer Zeit bereitete ich mich auf die Schule vor. Ich war dort etwa einen Monat und ein paar Wochen, als ich feststellte, daß meine Monatsblutung ausblieb. Sofort war mir klar, daß ich schwanger war.

Ich fühlte mich unter meinen Freundinnen derart unbehaglich, daß ich meinem Bruder Stephen Misana schrieb. Er kam sofort und ich offenbarte ihm die Neuigkeit – er war so klug, Joseph (deinen Vater) anzurufen, der daraufhin zu uns in die Stadt kam.

Als wir ihm die Nachricht mitteilten, entschied er, daß ich mit ihm nach Kampala gehen und die Handelsschule (U.C.C.) Nakawa besuchen sollte, da es mir zu peinlich war, schwanger gesehen zu werden. Daraufhin schickte ich meinen Bruder in die Schule, um meine Sachen abzuholen und meine Eltern über alles zu informieren, was geschehen war.

Als wir Kampala erreichten, ging es mir jedoch gesundheitlich nicht gut. Ich konnte überhaupt nichts Süßes oder Fettes essen, sondern war auf die ausgefallensten Lebensmittel angewiesen. Ich blieb dort und wartete bis zur Geburt. Danach bestand ich darauf, wieder in die Schule zu gehen, und nahm an einem Computerkurs teil. Wegen einer Kopfverletzung, die ich mir bei unserem Autounfall am 22. Dezember 1988 zuzog, mußte ich ihn aber bald wieder aufgeben. Es war ein tragischer Unfall, bei dem ein Junge, ausgerechnet dein Onkel, sein Leben verlor. Ich und dein Vater erlitten zahlreiche Verletzungen, darunter jene am Kopf, unter der ich viele Jahre lang gelitten habe.

Das war natürlich nicht mein Ende, aber ich war all diese Jahre in ärztlicher Behandlung, von Dezember 1988 bis 1992. Da hatte ich das Gefühl, daß ich meiner Zukunft zuliebe wieder etwas lernen müßte.

4) Das führt zum letzten Abschnitt meiner Ausbildung, als ich mich dickköpfig von deinem Vater trennte und nach Hause zurückkehrte, natürlich mit allen meinen Kindern. Ich überzeugte meine Eltern von meinem Wunsch zu studieren, und genau das hatten sie hören wollen. Also unterstützten sie mich mit ganzer Kraft und kümmerten sich um euch alle.

Daß ich das erreichte, kam durch meinen Onkel Sepirya Osinde aus Nagongera, der mir beistand und mir rasch half, indem er mich an das National Teacher College Nagongera vermittelte, wo ich prompt einen Studienplatz erhielt. Das war im Oktober 1992.

Ich besuchte dieses College und beendete mein zweijähriges Seminar für den Unterricht an der höheren Schule. Damit hatte ich mein ursprüngliches Ziel erreicht. Es muß erwähnt werden, daß meine Ausbildung ein einziger Kampf gewesen ist, vor allem weil dein Vater gegen alle meine Pläne in dieser Richtung war.

Bedenke also, daß diese letzte Entscheidung, die ich getroffen habe, die Grundlage für unsere heutige Existenz bildet. Das Studium hat mir ermöglicht, weiterzumachen und meine Kinder zu ernähren. Auch wenn das Gehalt ziemlich klein ist, hat es doch sehr viel dazu beigetragen, uns bis heute durchzubringen. Ich bete weiterhin zu Gott, daß ich noch ein bißchen leben darf, und wenn genug Geld vorhanden wäre, wünschte ich mir, meine Studien fortzusetzen. Leider sind die Umstände ungünstig. Die Fortbildung ist heutzutage derart teuer geworden, daß ich niemanden um Unterstützung bitten kann. Im übrigen wünsche ich mir, daß du dich auf das Lernen konzentrierst und Gott als die Nummer eins deines Handelns jetzt und in der Zukunft begreifst! GOTT SEGNE DEINE STUDIEN!

Mein Berufsleben

Ich bin ausgebildete Lehrerin und begann mein Berufsleben an der Katerema-Oberschule, sechs Meilen von der Straße zwischen Tororo und Jinja entfernt (Januar bis September 1995). Der Grund, in diese neuerrichtete Schule einzutreten, war einfach, an ein staatliches Institut und auf dessen Gehaltsliste zu kommen, die mit dem Computer geführt wird. Die Schüler waren fast alle schwach und der Umgang mit ihnen schwierig.

Solange ich dort war, mußte ich ein Haus in der sechs Meilen entfernten Stadt mieten, was bedeutete, daß ich die ganze Woche mit Hin- und Rückfahrten verbrachte. Obwohl ich ein großes Haus für die ganze Familie anmieten mußte, erhielt ich von der Schule keinen einzigen Penny extra, was das Leben wirklich schwermachte.

Als ich feststellte, daß ich mit Verlust arbeitete, beschloß ich, ein Fahrrad zu kaufen, doch konnte ich nicht damit fahren. Das bedeutete, daß ich jemanden anstellen mußte, der mich hin- und herfuhr. Den Rest des Tages sollte er für seinen Lohn arbeiten und Fahrräder reparieren. Das gestaltete sich sehr schwierig.

Eines Morgens trat mir dein Vater, stur wie er war, mit dem Satz entgegen: »Wenn du keine Schule findest, die dich unterbringt, dann zur Hölle mit deinem Beruf! Hör besser auf zu unterrichten und bleib zu Hause!« Immerhin besaß er zu dieser Zeit noch ein Auto, was der Familie ein wenig nützte. Als ich einsah, daß er recht hatte, bat ich ihn, mich zu chauffieren, um eine Schule zu finden, die seinen Ansprüchen gerecht wurde. Er willigte sogleich ein und begleitete mich, zusammen mit seinem Freund, der zufällig am Bukedi College Kachonga gewesen war. Das erschien als klares Zeichen, daß die Sache Erfolg haben würde! Das war im März 1995. Wir sollten im Oktober nachfragen, wenn einige Lehrer zu Studienaufenthalten weggehen würden.

Wir warteten bis Oktober. Bei unserer Rückkehr teilte man mir mit, ich solle nach einem Englischlehrer als Ersatz für Mr. Ochieng Ralph suchen, und daß für eine Lehrkraft für Geschichte bereits ein Platz frei sei. Was für ein Glück! Ich mußte also nur meine liebe Glaubensschwester Gertrude Mukajjo Namuhose überzeugen, als Englischlehrerin herzukommen. Es war nicht leicht, doch schließlich gelang es mir. Wir traten die Arbeit gemeinsam an, und man gab uns Geld, um unsere persönlichen Sachen zur Schule zu bringen.

Wir benutzten dasselbe Fahrzeug, wohnten im selben Haus, und bald darauf tauchte mein Name in der Gehaltsliste der Katerema Secondary School auf. Dort jeden Monat hinzufahren, um mein Geld abzuholen, bedeutete einen weiteren Kampf, bis mein Name auf die richtige Liste übertragen wurde.

Hier war das Leben in Ordnung, da den Lehrern Zulagen bezahlt wurden, wenn auch nicht sehr pünktlich. Das half der Familie, besonders deinem Vater, der bereits bettlägerig war. Auch nach seinem Tod ist es mir bis heute gelungen, hier zu arbeiten!

Wichtige Freunde

Ich habe durchweg als umgängliche Friedensstifterin gelebt und hatte deshalb sehr viele Freunde beiderlei Geschlechts, die meistens freundlich und warmherzig zu mir gewesen sind. Ich konnte aber auch nicht umhin, Freunde aufzugeben oder zu verstoßen, die Geheimnisse nicht für sich behalten konnten.

Die Freundinnen aus meiner frühen Kindheit sind allmählich aus meiner Erinnerung verschwunden, aber das waren lediglich Spielkameradinnen, die für dich im Rahmen dieses Buches nicht so interessant sind.

In der Grundschule hatte ich mehr Freundinnen: Iserene Dinah Etyang, Constance Ochowo, Masinde Janet und insbesondere Susan Oyana, mit der ich auch deshalb unzertrennlich wurde, da unsere Familien Nachbarn und miteinander befreundet waren.

Als ich in die höhere Schule kam, gewann ich leicht weitere Freundinnen, auch weil es sich um eine Ganztagsschule handelte. Einige dieser Freundinnen waren Nabwire Margare, Lyaka Norah, Achieng Beatrice, Anyango Rachel.

Als ich auf eine andere Ganztagsschule kam, um die höhere Schule fortzusetzen, schloß ich weitere Freundschaften außer den schon genannten besonders mit Anyango Leah, die meinen religiösen Weg stark beeinflußte, da sie meine Zimmerkameradin war. Sie lehrte mich zu beten und ermunterte mich, dem Chor beizutreten.[2]

[2] Die Verfasserin gehörte der religiösen Bewegung der Pfingstler (Pentecostalists) an, einer in Afrika weitverbreiteten Glaubensrichtung, die im Widerspruch zu den Amtskirchen steht. Ihr Ziel ist die ekstatische »Geistestaufe« mit Zungenrede, die als Inbesitznahme

Eine andere Gruppe von Freunden traf ich am nationalen Lehrerkolleg, darunter Barbirye Sherina, ihre Zwillingsschwester Nakato, Rembo Teddy, Apio Gertrude, Mudega Charles, Wangudi Moses.

Als ich in meinem Beruf anfing, fand ich noch mehr Freunde, von denen einige sich bis heute als wahre Freunde erwiesen haben! Nicht vergessen kann ich die liebe Gertrude Namuhose, die im College ein Jahrgang über mir war. Wir standen uns zunächst nicht sehr nahe, obwohl wir zur Gemeinschaft der Schulkapelle und der christlichen College-Vereinigung gehörten. Unsere aufrichtige Freundschaft begann, als wir das College verließen und als Nachbarinnen in Tororo lebten. Dann konnte ich sie als Englischlehrerin für das Bokedi College gewinnen.

Man wies uns ein Haus zu, das wir uns etwa ein Jahr lang teilten. Später suchten wir ein anderes. Die Freundschaft wurde noch enger, als mein Mann starb und sie eine Weile bei mir blieb, um mich zu trösten, was andere nicht getan haben. Später suchten wir gemeinsam eine Schule für meine behinderte Tochter Victoria, die sie fast wie ihr eigenes Kind angenommen hat. Sie besucht das Mädchen in dessen Schule in Kenia, holt es ab und bringt es dorthin zurück. Zu weiteren Freunden gehören Glaubensbruder Nicholas Kato, der lange Zeit mit mir gebetet hat, sowie Akol Stella und Grace Matiba.

des Menschen durch den Hl. Geist interpretiert wird. Zu ihren Ritualen gehören u. a. die Erwachsenentaufe und die Teilnahme an »Crusades« genannten Missionsveranstaltungen (S. 125 f.). Pfingstler betrachten sich als »saved« (»gerettet«) und titulieren ihre Glaubensbrüder und -schwestern als »Brother« bzw. »Sister in the Lord«. (A. d. Ü.)

Meine Vorlieben und Abneigungen

Im Lauf meines Lebens habe ich manche Dinge besonders gern getan, etwa, so viele Freundschaften wie möglich zu schließen und deshalb stets friedfertig zu sein. In jeder Situation reagiere ich am liebsten offen und direkt.

Ich teile gerne Gedanken und Ideen mit anderen, vor allem wenn sie das Leben verbessern helfen.

Ich mag Menschen, die mir zuhören und meine Ratschläge befolgen.

Andererseits mag ich auch manche Dinge nicht wie zum Beispiel:

Trinken und Rauchen, da beides die Gesundheit schädigen kann.

Klatschbasen und Lügner, da sie in der Gemeinschaft leicht Verwirrung stiften.

Ich mag auch keine undisziplinierten Menschen, vor allem Kinder, die nicht auf die Älteren hören.

Ebensowenig Faulpelze, die nicht arbeiten wollen, aber ständig etwas von anderen erwarten.

Besondere Erinnerungen

Der 9. Mai 1968 sollte in Erinnerung bleiben. An diesem Tag wurde ich geboren.

20. Februar 1990	– dein Geburtstag
3. Dezember 1991	– Doreens Geburtstag
13. Juli 1988	– Victorias Geburtstag
Ostern 1993	– als deine Stiefmutter starb
September 1993	– als wir erfuhren, daß ich und dein verstorbener Vater HIV-positiv sind

22. Dezember 1988 – wir hatten einen tragischen Unfall und entgingen nur knapp dem Tod!
Freitag, der 23. Februar 1996 – meine Abschlußfeier am nationalen Lehrerkolleg (N.T.C.) Nagongera
3. Juni 1998 – als dein Vater starb
5. Juni 1998 – als er in Pomede beerdigt wurde
27. August 1999 – die abschließende Trauerfeier zu Ehren deines Vaters
27. Dezember 1999 – Gertrudes Einführungszeremonie in Mulagi

Meine Gesundheit

Aus meiner Kindheit sind keine gesundheitlichen Beschwerden überliefert, wenn ich, wie andere Kinder auch, sicherlich gelegentliches Fieber und Malariaanfälle hatte.

In meiner Schulzeit war ich weitgehend gesund. Mein Wohlbefinden begann sich im September 1993 zu verschlechtern, als ich nach dem ersten Examen Urlaub machte. Ich spürte einen seltsam scharfen Schmerz in der Seite. Ich litt einen ganzen Monat darunter, später schwoll die Stelle an. Weder die medizinische noch die traditionelle Behandlung zeigten Wirkung.

Als meine Eltern bemerkten, daß sich mein Zustand verschlimmerte, brachten sie mich zu einem Spezialisten, der den Schmerz an einer Niere lokalisierte. Er empfahl eine Operation im Mbale-Krankenhaus.

Zu diesem Zeitpunkt hatten meine Eltern schon ihr ganzes Geld für die Behandlung ausgegeben, doch leider umsonst. Mein Vater rief meinen Bruder Ranga Fred an, der im Polizeipräsidium von Kampala arbeitete. Als Fred von meinem Zustand hörte, meinte er, daß sich mein Ehemann Joseph Owor um mich kümmern müsse, der zu der Zeit eine gute Stelle als Buchhalter im Club von Kampala hatte.

Ich wollte vor allem deshalb bei meinen Eltern bleiben, um meine Ausbildung erfolgreich abzuschließen. Wäre ich vorher zu meinem Mann zurückgegangen, hätte ich befürchten müssen, bald wieder schwanger zu werden. Joseph sah ein, daß man so schnell wie möglich handeln mußte. Er organisierte den Transport. Clever wie er und Fred waren, verließen sie Kampala um 21 Uhr und waren zwei Stunden später bei uns in Atiri.

Sie sprachen dort mit meinen Eltern und ruhten sich kurz aus. Um fünf Uhr morgens sollte ich trotz meines schlechten Zustands reisefertig sein. Um sieben Uhr kamen wir bereits an der Pforte des Nsambya-Krankenhauses an.

Ich begab mich zur Untersuchung, der Röntgenbefund lautete: »Die Niere ist stark durch Eiter verformt.« Die Operation duldete keinen Aufschub. Ich sah ihr ziemlich verzweifelt entgegen. Ständig fragte ich mich, in welchem Zustand ich wohl hinterher sein würde. Es war gut, daß der Arzt sie gleich auf den nächsten Tag ansetzte. Ich erhielt Beruhigungsmittel und kam sofort auf die Station.

Bei der Operation am nächsten Morgen wurde sehr viel Eiter aus der Niere entfernt. Die Behandlung erfolgte eine Woche lang alle vier Stunden, und nach meiner Entlassung mußte ich mich zur Kontrolle einfinden. Es dauerte, bis die Wunde heilte, doch endlich fühlte ich mich besser und bin genesen.

Zu dieser Zeit lebte ich nicht mit deinem Vater zusammen. Als es mir wieder gutging, bestand er darauf, ich sollte zu ihm zurückkehren, statt meinen Eltern zur Last zu fallen. Damit fingen die Sorgen erst richtig an. Ostern 1993 beerdigten wir deine Stiefmutter, deren Gewissenlosigkeit ich bereits erwähnt habe. Es hieß, sie sei an Gebärmutterkrebs gestorben, doch aus zuverlässiger Quelle war zu hören, daß es Aids war.

Ich hatte nichts gegen eine Wiedervereinigung der Familie, stellte deinem Vater jedoch eine Bedingung: daß wir einen HIV-Test machen ließen. Das Ergebnis sollte darüber entscheiden, ob wir wieder zusammenkommen oder als getrennte Eltern leben würden. Zu dieser Zeit hatte ich noch große Hoffnungen, HIV-negativ zu sein, da ich lange ohne ihn in meinem Elternhaus gelebt hatte. Ich hoffte inständig, daß die Katastrophe in meiner Abwesenheit eingetreten war!

Dein Vater war mit diesem Vorschlag überhaupt nicht einverstanden, ihm blieb aber keine andere Wahl, da ich auf dem Test beharrte. Die nächstgelegene Möglichkeit dazu war das Baumman House in Kampala. Schließlich einigten wir uns und machten uns auf den Weg – voller Angst, denn wie würde das Ergebnis wohl ausfallen?

Dort waren so viele andere Leute, die aus demselben Grund gekommen waren und Rat suchten. Uns wurden Blutproben für den Test genommen, das Ergebnis sollten wir in zwei Wochen erfahren.

Ich fuhr deshalb wieder nach Atiri. Gemeinsam gingen wir nach Kampala, um die Ergebnisse zu erfahren. Es war der größte Schock meines Lebens, als man uns die Resultate zeigte, wonach wir beide HIV-positiv waren! Konnte man soviel Pech haben? Konnte ich meinen Ohren trauen? Nein, deshalb bestand ich darauf, daß mir noch eine Blutprobe abgenommen wurde. Anschließend verließen wir das Baumman House, um zwei weitere Wochen abzuwarten.

Wir gingen zu seinem Arbeitsplatz im Club von Kampala, doch ich schaffte es kaum bis dorthin. Ich lief kopflos vor mich hin, wünschte sogar, daß mich ein Auto totfahren sollte, damit ein Unfall als Todesursache angegeben würde! Ich Arme!

Nach Ablauf der zwei Wochen fanden wir uns wieder im Baumman House ein. Ich tröstete mich mit dem Gedanken, daß auch Geräte irren können! Doch zu meiner Überraschung kam das gleiche Ergebnis heraus! All meine Hoffnungen waren verflogen. Ich sah auch keinen Sinn mehr darin, das zweite College-Jahr zu absolvieren! Wem konnte ich meinen katastrophalen Gesundheitszustand anvertrauen? Niemandem natürlich!

Trotzdem faßte ich wieder Mut und ging ans College zurück, blieb aber mit den Kindern bei meinen Eltern wohnen. Meine nächste Sorge war, ob die Geißel die jüngste Tochter verschont hatte! Ich beobachtete sie, und ihr guter Gesundheitszustand ermutigte mich. Mir war danach, die Katastrophe meiner Mutter zu offenbaren, ich erkannte aber, daß diese Bedrückung ihr Leben verkürzt hätte. Ich hatte definitiv niemanden, mit dem ich sprechen konnte. Kurz bevor ich mein Seminar beendete, kam es zu einer Meinungsverschiedenheit mit meinen Eltern, als Joseph sie um die Erlaubnis für mich und die Kinder bat, mit ihm Weihnachten zu verbringen. Meine Eltern wollten nichts davon hören.

Einige Äußerungen in diesem Streit hatten leider auch mit dem Tod deiner Stiefmutter zu tun. Ich war so traurig, daß mir als einzige Lösung einfiel, nach Kampala zu fahren und zusammen mit Joseph die Mitnahme unserer Kinder zu planen. Angesichts unseres Schicksals wollten wir niemandem mit unseren Kindern zur Last fallen. Das war am 25. Dezember 1993. Am nächsten Tag mieteten wir ein Auto, holten die Kinder in Atiri ab und verschwanden heimlich, als meine Eltern außer Haus waren.

Im Juli 1994 schloß ich mein Seminar ab, während die Kinder bei ihrem Vater in Kampala waren, wo sich ein Hausmädchen um sie kümmerte. Ich kehrte bis Anfang 1995 zur Familie zurück. Da tauchte ein Problem im Club von Kampala auf, das uns zwang, nach Tororo zurückzukehren. Wir mieteten dort ein Stadthaus und sahen gelegentlich nach unserem bisherigen Heim im Dorf.

Bis dahin hatte ich noch keine Anstellung gefunden, doch wir besaßen ein kleines Auto, das zum Unterhalt der Familie beitrug. Dann erhielt ich eine Vertretung an der Katerema Secondary School und wurde von dort ans Bukedi College Kochonga versetzt. Damals war meine Gesundheit noch in Ordnung, so daß niemand Verdacht schöpfte und ich etwas Ruhe fand. Dann begannen häufige Krankheitsschübe Joseph heimzusuchen, weshalb er nicht in Jinja weiterarbeiten konnte, wo er wiedereingestellt worden war. Einmal hatte er eine sehr schwere Attacke, woraufhin ich ein Auto mietete, um ihn ins Krankenhaus nach Tororo zu bringen. Zu meiner Beruhigung lautete die Diagnose »Rippenfellentzündung«, was mit einer Entzündung der Lunge zu tun hat. Er wurde behandelt und angewiesen, mit dem Rauchen und Trinken aufzuhören. Ich kannte als einzige die verborgene Krankheit!

Alle, die in Kachonga von seiner Krankheit hörten, hatten Mitleid und rieten ihm, die Anweisungen der Ärzte zu befolgen. Das tat er eine Zeitlang, doch dann verfiel er wieder beiden Lastern, und seine Gesundheit wurde schlechter und schlechter. Manche wurden nun mißtrauisch. Erschwerend kam hinzu, daß er weiter unter Malaria litt und stark an Gewicht verlor. Das alles nährte einen bestimmten Verdacht, verstärkt noch durch einen Ausschlag, der schwarze Flecken auf seinem Körper hinterließ.

Bevor er zu schwach dafür wurde, schlug ich vor, gemeinsam die Gesundheitsstation TASO (The Aids Support Organisation) in Tororo aufzusuchen, und er stimmte zu. Dort erhielten wir durch unseren Anwalt, den verstorbenen Norman Olwitt, für einige Zeit medizinische und soziale Hilfe. Unterdessen wollte ich auch Gewißheit über den HIV-Status von Doreen (der Jüngsten) haben. Ihr Bluttest ergab, daß sie negativ war. Das tröstete mich wieder, und ich dankte Gott inständig für dieses Wunder!

Als dein Vater in der Folge seiner Leiden im Juni 1998 starb, bestätigten sich damit die Gerüchte. Bis dahin hatte ich mich nur deiner Großmutter Yogo anvertraut, die auch Verdacht geschöpft hatte. Kurz vor Josephs Tod nahm ich meinen Mut zusammen und offenbarte meinen Eltern unser Schicksal, das wir seit September 1993 geheimgehalten hatten. Sie waren nicht so sehr schockiert, da sie es ebenfalls schon geahnt hatten.

Nach der Beerdigung deines Vaters nahm ich euch alle nach Atiri und dann nach Kachonga mit, um die Arbeits- und Schulpflichten wiederaufzunehmen. Jetzt begannen die Leute, über mich zu tuscheln, doch ich habe mir zum Trost gesagt: Es leben so viele Menschen mit HIV/Aids, daß ich weder die erste noch die letzte bin!

Seitdem hatte ich immer wieder Malaria-Anfälle, das

Schlimmste aber ist ein Hautausschlag, der schwarze Flekken hinterläßt. Das hat viele in ihrem Verdacht bestätigt. Ich habe mich einigen vertrauenswürdigen Freunden offenbart, vor allem denen aus der Kirchengemeinde. Das gilt besonders für meinen Glaubensbruder Nicholas Kato. Er hatte eine Vision von meinem Leben und dem Tod meines Mannes. Gott hat ihm den Auftrag erteilt, für meine Heilung zu beten.

Alles in allem hält mich der Herr mit Hilfe meiner Eltern, Brüder und Schwestern noch aufrecht – Nicholas nicht zu vergessen, der viel Zeit opfert, um Fürbitten für mich zu sprechen.

Wie ich meine Freizeit verbringe

In meiner Freizeit beschäftige ich mich am liebsten mit Dingen, die meinen Horizont erweitern, wie die Lektüre christlicher Literatur, der Heiligen Schrift und das Betrachten christlicher Filme.

Ich erwähnte bereits, daß ich besonders gern Kirchenlieder singe, deshalb wirke ich bei guter Gesundheit im Chor mit.

In meiner Freizeit besuche ich auch Freunde, von denen ich weiß, daß sie meine Vorstellungen von der geistigen Weiterentwicklung teilen. Ich liebe es, mit anderen den Gottesdienst zu feiern, und besuche gern alte Menschen, um ihnen, wenn möglich, zu helfen.

Gelegentlich verbringe ich meine Freizeit mit meinen Kindern, denke mir Rätsel und Geschichten mit ihnen aus. Das gehörte ursprünglich nicht zu meinem Tagesablauf, sondern begann mit einem Seminar zum Erinnerungsprojekt vom 9. bis 13. November 1999 bei der Grasslands Foundation. Dabei lernten wir, wie wir den Kontakt zu unseren Kindern verbessern können, vor allem aber, daß wir ausreichend Zeit mit ihnen verbringen, auf ihre Bedürfnisse eingehen und ihren Problemen Gehör schenken sollen.

Besondere Interessen/Fähigkeiten

- Wie bereits erwähnt, sorge ich sehr gerne für Ausgleich, und deshalb ist es mir ein besonderes Anliegen, in Harmonie mit allen zu leben.
- Außerdem sind mir Gebete, Gottesdienste und die Teilnahme an Missionsveranstaltungen wichtig, damit mein Glaube wachsen und gedeihen kann.
- Ich bin daran interessiert, meine Arbeit sorgfältig zu erledigen, und vergewissere mich stets, daß ich meine Ziele erreiche.
- Ebenfalls sehr wichtig ist mir, Freunde zu besuchen und ihnen zu helfen – vor allem jenen, die in meinem Leben eine große Rolle spielen.
- Ich bin eine talentierte Sängerin. Kirchenmusik und Filme mit christlichem Inhalt interessieren mich in letzter Zeit besonders, da mein Glaube an Christus und die Erlösung noch weiter wächst.
- Es ist mir ein Anliegen, das Werk Gottes nach Möglichkeit finanziell zu unterstützen und der Verkündigung des Evangeliums beizuwohnen, wenn es meine Gesundheit erlaubt.
- Recht früh entwickelte ich das Talent, Haare zu glätten, und beherrsche diese Technik bis heute.
- Ein anderes meiner Talente, das ich betonen möchte, ist

der Sport, besonders die Leichtathletik. Diese Begabung entdeckte ich früh in der Secondary School, später mag ich sie verloren haben. Als ich in der zweiten Oberschulklasse war, vertrat ich meine Schule bei der nationalen Meisterschaft der Mädchen beim 200- und 400-Meter-Lauf.

Meine Hoffnungen für deine Zukunft

Für deine Zukunft hege ich wirklich große Hoffnungen, daß du angesichts der Herausforderungen des Lebens mit allem Ernst deine Studien verfolgst. Dazu gehört ein hohes Maß an Disziplin.

Ich erwarte, daß du dir meine gesundheitliche Situation, die ich in diesem Buch geschildert habe, zu Herzen nimmst. Sei dir stets bewußt, daß diese Welt Prüfungen und Nöte bereithält, mit denen man fertig werden muß. Du solltest dir auch Zeit nehmen, um deinen familiären Hintergrund zu betrachten, und solltest versuchen, Qualität und Dauer deines Lebens positiv zu beeinflussen.

Aufgrund unserer Familiengeschichte, die du bereits kennst, und vor allem im Hinblick auf ihren Niedergang, habe ich beschlossen, dich in den Händen meiner Eltern und Verwandten zu lassen. Von ihrer Erziehung erhoffe ich mir eine glänzende Zukunft für dich!

Unter der Anleitung dieser Menschen erwarte ich von dir, daß du vor allem fleißig lernst und dadurch eine gute Zukunft voller Selbstvertrauen erreichst. Ich weiß, daß der Weg dorthin schwierig sein kann, bete aber zu Gott, daß er deinen Großeltern ein langes Leben beschert und damit auch Hoffnung für die Zukunft.

Nachdem du meine eigene Geschichte in diesem Erinnerungsbuch gelesen hast, erwarte ich vor allem von dir, daß du dir der heutzutage weltweiten Gefahr von HIV-/Aids-Infektionen bewußt bist und dich dagegen vorsiehst. Arbeite sehr hart, bewahre ein großes Maß an Disziplin, und du wirst eine bessere Zukunft haben.

Familienbräuche und besondere Anlässe

Diese Familie hat nicht viele Bräuche ihres Clans bewahrt, vor allem, seit sie ihren Herkunftsort Mudodo verlassen hat. Sie lebte in Nachbarschaft zu anderen Clans, deren Eingeborenen sie dieses Gebiet einst abgekauft hatte.

Deshalb habe ich während meines Aufenthalts dort über unsere Familientraditionen nicht viel erfahren, bis auf folgendes:

- Die Familienmitglieder sollten kein Ziegenfleisch essen, da es angeblich Hautausschläge verursacht.
- Sie sollten kein Haus betreten, in dem sich ein noch nicht vier Wochen altes Kind befand.
- Die Familie beging einige besondere Anlässe – so sollten die ersten Speisen aus frisch geerntetem Getreide (Hirse) von allen gemeinsam gegessen werden. Dazu gab es das örtliche Bier.
- Andere besondere Anlässe waren Weihnachten und Neujahr, die gemeinsam zu Hause gefeiert wurden.

Die Geschichte deiner Familie

Deine Familiengeschichte ist eher traurig! Wie ich bereits zu Anfang dieses Buches erwähnt habe, solltest du wissen, daß deine Vorfahren ursprünglich aus dem Dorf Mudodo kamen und als Clan Jokomolo hießen.

Wie erwähnt, verließen sie Mudodo nach schwerwiegenden Streitigkeiten um Landbesitz. Dein Vater wuchs in der Obhut seiner Mutter auf. Sie lebte allein, tat aber für seine Erziehung, was sie konnte, und so wurde er Buchhalter.

Als er zu arbeiten begann, gelang es ihm, im Dorf Pomede Land zu erwerben, wo er mehrere Häuser für sich und seine Mutter baute. Dann heiratete er seine erste Frau Margaret Nyadoi und wurde mit zwei Töchtern und einem Sohn gesegnet.

Ich kam 1987 in diese Familie, habe elf Jahre mit ihr gelebt und sie nach dem Tod deines Vaters verlassen, da ich eine sehr düstere Zukunft vorhersah. Wir wurden mit drei Töchtern gesegnet. Der Tod deines Vaters führte auch zum »natürlichen Tod« dieser Hausgemeinschaft, da er als Pfeiler des Zusammenhalts gewirkt hatte. Dein einziger Bruder ist mittlerweile ein Halunke, der den letzten Besitz durchbringt, nachdem er seine Ausbildung abgebrochen hat.

Die älteste Tochter ist mit einem Mann aus der Nachbarschaft verheiratet, der nichts ausrichten kann, und leidet fortwährend darunter, daß sie keine Unterstützung hat.

Ihre Mutter, die ihre Stütze gewesen wäre, starb 1993, was die ganze Familie ins Chaos stürzte.

Die andere Tochter schloß eine Ausbildung als Lehrerin ab, ging aber später zur ugandischen Polizei und arbeitet jetzt in Mukono als Polizistin. Es erfüllt einen mit Scham, über diese einst bedeutende, vernünftige und anerkannte Familie zu sprechen, die inzwischen so entzweit ist, daß jeder sich selbst der nächste ist. »The going has become tough and it's only the tough who get going.« MÖGE DER ALLMÄCHTIGE EUCH BEI ALL EUREN ANSTRENGUNGEN SEGNEN.

(Zusammengestellt von deiner Mutter Christine Aguga)

Unser Zuhause

Die Heimat unserer Familie ist das Dorf Pomede-Palasi im Unterbezirk Nagongera. Unsere Ahnen stammten ursprünglich aus Mudodo. Sie zogen jedoch wegen eines sehr ernsten Konflikts um Landbesitz aus dieser Gegend weg. Er führte zu Todesopfern in der Verwandtschaft und zur Räumung des Stammlandes.

Anders gesagt handelt es sich bei unserem Besitz in Pomede um ein Stück Land, das dein verstorbener Vater Joseph Owor kaufte, nachdem ihn sein Vater Okumu Christopher verstoßen und verlassen hatte.

Nach dem Kauf des Landes wurden nach und nach einige Gebäude errichtet, da der verstorbene Joseph Reichtum anhäufte. Das Land maß 25 Morgen und umfaßte ein sehr schönes großes Grundstück sowie einen gemischten Obstgarten. Trotz der Schönheit und Angemessenheit dieses Zuhauses lebten wir hier nur sporadisch, da dein Vater als interner Buchprüfer in Kampala und später in Jinja arbeitete. Deine Großmutter Akumu Victoria bemühte sich, das Anwesen zu erhalten.

Als dein Vater dann seine Stelle wegen häufiger Krankheitsschübe verlor, machte ich zum Glück meinen Abschluß als Lehrerin an der höheren Schule, weshalb wir an meinem Arbeitsort leben mußten. Zu diesem Zeitpunkt war er schon zu krank, um für den Lebensunterhalt der Familie zu sorgen. Also mußte ich das mit der Hilfe einiger Freunde und Verwandter alleine ausfechten.

Damals verschlechterte sich sein Gesundheitszustand von Tag zu Tag, so daß ich beschloß, zurück ins Dorf zu ziehen, um ihn vor Ort zu pflegen. Ich ließ dich und Doreen bei befreundeten Nachbarn. Das war im Mai 1998. Wir blieben zu Hause, da sich sein Zustand verschlechterte, bis er am 3. Juni 1998 seinen letzten Atemzug tat und am 5. Juni beigesetzt wurde. Möge seine Seele in ewigem Frieden ruhen.

Immer wurden in diesem schönen Zuhause Menschen aller Schichten willkommen geheißen, Reiche genauso wie Arme. Unser Wohlstand erlaubte es uns, jedermann jederzeit zu bewirten.

Die Familie verfügte damals über genug Besitz einschließlich Ländereien, mehrere Fahrzeuge (zeitweise), viel Geld und genug Lebensmittel – deshalb war es ein sehr gutes Leben.

Unglücklicherweise wurde dieses Haus vom Unheil getroffen und auf den Nullpunkt gebracht, wo es sich heute dank »einer gewissen Margaret Nyadoi«, nämlich deiner verstorbenen Stiefmutter, befindet. Diese rücksichtslose Frau hat sich mit vielen anderen Männern herumgetrieben. Sie zogen sich Aids zu und starben, so wie die Krankheit 1993 auch sie das Leben kostete und später deinem Vater. Mein Leben aber liegt bis jetzt in der Hand des Allmächtigen, der weiß, was zu tun ist!

Da dein Vater der einzige Sohn seiner Mutter war, fühlte sich niemand dafür verantwortlich, dieses schöne Heim zu erhalten. Patrick Orone hat viele Dinge verkauft, und ich will mir nicht ausmalen, in welchem Zustand es sich jetzt befindet!

Andere wichtige Fakten über deine Familie

Diese Familie wurde bekanntlich von einem Mitglied zerschlagen, das sich entschieden hatte, völlig sorg- und rücksichtslos mit seinem Leben umzugehen. Diese Frau starb 1993 und ließ die anderen in einem Klima der Verwirrung und Verdächtigungen zurück.

Bevor dein Vater im Juni 1998 starb, erkannte er, daß die Familie schon ohne richtigen Zusammenhalt war. Der einzige Sohn, der sein Erbe gewesen wäre, hatte zu diesem Zeitpunkt seine Ausbildung an den Nagel gehängt und sich im Dorf einer Schlägerbande angeschlossen.

Im Angesicht des Todes stellte Joseph fest, daß er Geld für seine Beerdigung brauchte. Der einzige Posten, der zu diesem Zweck verkauft werden konnte, waren die 25 Morgen Land, so daß uns nur das Grundstück und das Haus blieben.

Dies geschah, doch leider ist das Geld nicht für den vorgesehenen Zweck verwendet worden! Der einzige Sohn der Familie schaffte den großen Geldbetrag fort und verschwand, um erst nach der Beerdigung seines Vaters wieder aufzutauchen!

Dies trug dazu bei, mich zu entmutigen und erkennen zu lassen, daß ich in falschen Händen war. Wir besaßen kein Land mehr, das wir hätten bewirtschaften können, doch die Gebäude waren noch intakt. Ich sah darin einen Vorboten einer düsteren Zukunft für mich und meine Kinder. Deshalb entschloß ich mich, den Ort kurz nach der Beerdigung deines Vaters zu verlassen.

Eine wichtige Tatsache ist, daß dein Vater nach dem Diebstahl des Geldes, das für das Land bezahlt worden war, beschlossen hat, daß der Dieb nicht länger sein Erbe sein sollte. Als am Tag der Beerdigung sein letzter Wille verlesen wurde, wurdest deshalb du (Akoth Everlyn) zur Erbin deines Vaters bestimmt, mit deinem sichtbaren Fußabdruck auf seinem Grab!

Gedanken über das Leben und woran ich glaube

Mit dem Leben hat es sehr viel mehr auf sich, als wir sehen und wissen. Vor allem ist das Leben ein Geschenk Gottes an uns. Leben heißt entdecken, leben heißt tätig sein.

Vielleicht siehst du Dinge, die noch kein anderer gesehen hat, denn jeder von uns sieht die Welt mit seinen eigenen Augen. Wir betrachten das, was wir sehen, auf verschiedene Weise, jeder nach seiner persönlichen Erfahrung. Betrachte das Leben, betrachte dein Leben. Es gibt eine Welt für dich zu entdecken und zu entwickeln. Du kannst dein Leben selbst bestimmen!

Wenn du älter bist, wirst du entdecken, daß jeder Mensch einzigartig ist. Du mußt lernen, abzuwägen und das Gute zu wählen. Wenn du ungewohnten Situationen oder Herausforderungen im Leben begegnest, wirst du dich deiner eigenen Kräfte und Möglichkeiten bewußt werden. Früher oder später wirst du nach dem »Warum« fragen. Was ist der Grund des Lebens, warum sind wir hier? Warum geschieht das? Warum sind die Dinge so, wie sie sind? Könnten sie anders sein? Vor allem aber kennen wir das Leben nicht, bis wir es leben und auf das hören, was es uns erzählt!

Gott hat uns das Leben geschenkt, und es liegt an uns, es zu zerstören oder etwas daraus zu machen. Liebe Tochter, vor allem will ich dich daran erinnern, daß Gott die einzige Quelle des Lebens ist. Setze ihn deshalb an die erste Stelle über alles andere in deinem Leben. Denke auch daran, daß Jesus der Weg, die Wahrheit und das Leben ist. Niemand gelangt zum Heiligen Vater denn durch ihn.

So wie du dieses Leben lebst, vergiß nie, den Bedürftigen zu helfen, und auch nicht die Gewohnheit, das wenige, was du hast, mit anderen zu teilen. Sei Gott in jeder Lebenslage stets dankbar. Der Weg mag hart sein, aber Gott wird dich leiten, da seine Gnade groß ist.

- Die Dinge, an die ich glaube, sind: Zuallererst, daß Gott uns das Leben gegeben hat und es wieder nehmen kann, wann immer es ihm beliebt.
- Zweitens glaube ich an die Macht Christi, uns zu reinigen und mit seinem göttlichen Vater zu versöhnen, wenn wir unsere Sünden bereuen und ihnen abschwören.
- Ich glaube an die Freigebigkeit – je mehr du gibst, desto mehr wirst du von Gott gesegnet.
- Ich glaube ebenso daran, den Bedürftigen zu helfen, vor allem jenen, die mir in Zeiten der Not ebenfalls helfen werden.
- Ich glaube an die Freundschaft mit Menschen aller Schichten, insbesondere mit jenen, die Vertrauen, Loyalität und Großzügigkeit vermitteln und die gottesfürchtig sind.

- Ich glaube auch an die Ratschläge älterer Menschen, vor allem an die meiner Eltern. Meine Lebenserfahrung hat mir gezeigt: Hätte ich ihren Rat früher, zu Beginn meiner Ehe, angenommen, dann wäre ich nicht in diese Katastrophe geraten. Darum, meine liebe Tochter, lerne, auf den Rat der Älteren zu hören!

Unser Engagement ist gefordert

Ulla Schmidt

*Bundesministerin für Gesundheit
und Soziale Sicherung*

Obwohl wir AIDS erst seit 20 Jahren kennen, sind bereits 22 Millionen Menschen an dieser Krankheit gestorben. Eine nüchterne Zahl, hinter der sich eine menschliche Tragödie verbirgt, der Henning Mankell mit seinen Aufzeichnungen über Begegnungen mit aidskranken Menschen in Uganda Gesichter und Namen verleiht. Mir geht das kleine afrikanische Mädchen Aida nicht mehr aus dem Sinn, das ihre Mangopflanze hegt und schützt, damit diese nicht stirbt wie all die Menschen um sie herum. Auch nicht ihre aidskranke Mutter Christine, die Aida ein Erinnerungsbuch, ein Familiengedächtnis, hinterlassen möchte. Ihre große Hoffnung ist, daß ihre Tochter kein Erinnerungsbuch wird schreiben müssen, weil sie weiß, wie sie sich vor der Geißel Aids schützen kann.

Henning Mankells Bericht *Die Mangopflanze* handelt von der Würde der Menschen, die den Kampf gegen die Krankheit verloren haben, weil sie keinen Zugang zu modernen Behandlungsmöglichkeiten haben. Es ist ein Buch über Menschen, deren Leben noch fast wie eine leere Seite vor ihnen liegt und denen doch schon das Leben nicht mehr offensteht. Hier bleibt der massenhafte Tod nicht anonym und damit leicht zu verdrängen. Mankells Erzählung ist aufrüttelnde Mahnung und Appell zur Hilfe zugleich. Sie drängt uns, das dramatische Problem AIDS nicht aus dem Blick zu verlieren, weil sich in vielen Staaten – wie z. B. in Deutschland – die epidemiologische Situation im Vergleich zur weltweiten Entwicklung besser darstellt. Es ist ein Aufruf, sich in einer globalisierten Welt auch einer Humanität ohne Grenzen verpflichtet zu fühlen. Und nicht zuletzt ist es ein Ruf um Hilfe für diejenigen, die aus eigener Kraftanstrengung dazu nicht in der Lage sind.

Wer *Die Mangopflanze* liest, kann der Frage nicht mehr ausweichen, was mit Ländern geschieht, in denen die tödliche Immunschwächekrankheit AIDS ganze Generationen hinwegrafft. Es ist nicht die Horrorvision eines Schriftstellers, der sensationsheischend eine böse Fiktion in Worte kleidet, wenn er die Gefahr kollabierender Gesellschaften skizziert. Wirtschaft, Wissenschaft, Kultur, Familie, alles, was eine Gesellschaft ausmacht, kann zusammenbrechen, wenn AIDS in vielen Staaten dieser Welt weiterhin eine tödliche Routine bleibt. Dominosteinen ähnlich, die unaufhaltsam stürzen, würde der Zusammenbruch von Gesellschaften die dramatische Konsequenz sein, wenn es nicht gelingt, diesen Pestzug der Moderne aufzuhalten.

Wie gefährlich es wäre, sich in falscher Sicherheit zu wiegen und zu glauben, AIDS sei eine gebannte Gefahr, zeigt ein Blick auf folgende Zahlen: Bis 1990 hatten sich weltweit rund 10 Millionen Menschen mit HIV infiziert. Seitdem hat sich die Zahl der Betroffenen auf mehr als 40 Millionen vervierfacht. 22 Millionen Menschen sind dieser Krankheit bereits zum Opfer gefallen. 13 Millionen Kinder haben ihre Eltern verloren. Fast 70 % aller HIV/AIDS-Fälle kommen in Afrika südlich der Sahara vor. HIV/AIDS lähmt ganze Teile dieses Kontinents: rund einer von drei Erwachsenen in Botswana, Lesotho, Swaziland und Simbabwe ist infiziert. Jeder fünfte Erwachsene in Namibia, Südafrika und Sambia trägt das Virus in sich. In weiteren 19 Ländern ist mehr als einer von zwanzig Menschen infiziert. Bis 2020 könnten die am meisten betroffenen afrikanischen Länder mehr als ein Viertel der Arbeitskräfte verlieren. Das zeigt: Entwicklung braucht Gesundheit. Eine Krankheit wie AIDS kann Entwicklung im Keim ersticken.

Anlaß zur Hoffnung geben Länder wie Uganda, Sambia und Senegal, in denen es Anzeichen für eine Umkehr des Trends gibt. In Kamerun und Nigeria beginnt die Infektionsrate wieder zu steigen. AIDS ist aber inzwischen längst nicht mehr nur ein Problem und eine Gefahr für den afrikanischen Kontinent: In der Karibik sind gegenwärtig eine halbe Million Menschen infiziert, in Ostasien 1,2 Millionen. In Lateinamerika sind bereits 1,5 und in Südasien 6 Millionen Menschen Träger des Virus. Und auch in osteuropäischen Nachbarstaaten Deutschlands sowie Nachfolgestaaten der ehemaligen Sowjetunion haben wirtschaftliche und gesellschaftliche Umbrüche, ein steigender Drogenkonsum sowie kulturelle Vorbehalte gegenüber einem offenen Umgang mit Sexualität und sexuell übertragbaren Krankheiten die Infektionszahlen geradezu explodieren lassen.

Es ist auch kein mühsam erdachtes Szenario, sondern eine ernst zu nehmende Prognose, daß sich in den nächsten 20 Jahren allein in China, Indien, der Ukraine und der Russischen Föderation bei einer weiterhin ungebremsten Ausbreitung des HI-Virus ca. 200 Millionen Menschen anstekken könnten. In der Russischen Föderation könnte bis 2015 die durchschnittliche Lebenserwartung bei Männern durch diese Krankheit um vier Jahre sinken. Osteuropas traurige Bilanz: Es gehört heute zu der Weltregion, in der sich das HI-Virus mit am schnellsten ausbreitet.

Auf den ersten Blick sind es nüchterne Zahlen. Aber es

ist weitaus mehr. Es ist die Ankündigung einer gesellschaftlichen und wirtschaftlichen Katastrophe. Wenn es nicht gelingt, rechtzeitig vorzubeugen, könnte dieses Szenario Wirklichkeit werden.

Vor allem auch mit Blick auf solche Entwicklungen wird Deutschland seine AIDS-Bekämpfungsstrategie noch stärker auf die Entwicklung von Nachbarstaaten und auch weltweit ausrichten. Die Bekämpfung von HIV und AIDS muß höchste Priorität gewinnen. Deutschland kann dabei mit seinen erfolgreichen Präventionskonzepten dazu beitragen, daß Katastrophen nicht nur vor unserer Haustür durch weltweite Kraftanstrengungen eingedämmt werden. Wir müssen die Impfstoffentwicklung fördern und auch die Frage des Therapiezugangs beantworten. Die Behandlung eines AIDS-Kranken mit virenhemmenden Medikamenten kostet gegenwärtig noch zwischen 2.000 und 10.000 Dollar pro Jahr. Aidas Mutter hätte viermal mehr für Medikamente ausgeben müssen, als sie verdienen konnte.

Die Weltgemeinschaft hat sich dieser Probleme angenommen. So hat sich die Weltgesundheitsorganisation (WHO) mit ihrer Initiative »3 bis 5« das Ziel gesetzt, bis zum Jahre 2005 3 Millionen Menschen, die mit dem HI-Virus infiziert sind, eine Behandlung mit antiretroviralen Medikamenten zu ermöglichen. UNAIDS, eine von den Vereinten Nationen gegründete Einrichtung, sowie der 2002 ins Leben gerufene »Globale Fond zur Bekämpfung von HIV/AIDS, Tuberkulose und Malaria« unterstützen darüber hinaus weltweit Staaten in ihrem Kampf gegen die Ausbreitung dieser übertragbaren Krankheiten.

Zu den Voraussetzungen dafür, vermeidbares Leid auch tatsächlich zu verhindern, gehören ebenso funktionierende

Gesundheitssysteme in den betroffenen Staaten. Auch hier ist die Hilfe der Weltgemeinschaft gefordert.

Unverzichtbar sind dabei auch Hilfen, die aus privatem Engagement geleistet werden und für die wir alle nur dankbar sein können. Dieses Engagement erinnert uns alle daran, daß jeder einzelne in einer Gesellschaft Mitverantwortung trägt – nicht nur für seine Familie, sondern auch für andere in Not geratene Menschen. Diese Hilfe ist eine Absage an einen sorglosen Individualismus, der die Not anderer Menschen nicht sehen will. Wer die Erfüllung der eigenen Bedürfnisse zum obersten Leitprinzip erklärt, übersieht, daß er selbst einmal in Lebenslagen geraten kann, in denen er über jede Hilfe von anderen froh wäre. Auch daran erinnert uns das Engagement von Henning Mankell und vielen Nichtregierungsorganisationen. Von ihnen können wir lernen, daß eine Gesellschaft ein Stück weit menschlicher wird, wenn das Verantwortungsprinzip zum Leitfaden des eigenen Handelns wird.

Ulla Schmidt,
Bundesministerin für Gesundheit
und Soziale Sicherung

Berlin, Mai 2004